DA HABEN WIR DEN SALAT

1967 geboren, verbringt Sven Görtz seine Kindheit im Westerwald und studiert danach Philosophie in Gießen. Er ist Autor, Kabarettist und Sänger. Mit über 300.000 verkauften Hörbüchern zählt er zur ersten Riege der deutschen Hörbuchsprecher. Seit 2008 ist er die deutsche Stimme des Weltbestsellerautors Paulo Coelho. Er ist seit Jahren mit verschiedenen Live-Programmen im gesamten deutschsprachigen Raum unterwegs. Im Frühjahr 2013 erschien »Da liegt ein Toter im Brunnen«, der erste Band seiner Krimiserie um die Ermittler Christoph Rubin und Carl Bernstein.
www.svengoertz.de
facebook.com/dieseitevonsvengoertz

Sven Görtz

DA HABEN WIR DEN SALAT

Ein Fall für Rubin und Bernstein

emons:

Bibliografische Information der Deutschen Bibliothek
Die Deutsche Bibliothek verzeichnet diese Publikation
in der Deutschen Nationalbibliografie; detaillierte bibliografische
Daten sind im Internet über http://dnb.d-nb.de abrufbar.

FSC
www.fsc.org
MIX
Papier aus verantwortungsvollen Quellen
FSC® C083411

Umschlaggestaltung: Tobias Doetsch
Gestaltung Innenteil: César Satz & Grafik GmbH, Köln
Druck und Bindung: CPI – Clausen & Bosse, Leck
Printed in Germany 2013
ISBN 978-3-95451-144-0
Originalausgabe

Wenn einer weiß, was Glück ist,
so soll er es allen anderen weitersagen.

Tom Smart

Willkommen in Bad Löwenau!

Der Schauplatz
Irgendwo in Deutschland liegt Bad Löwenau, eine Kleinstadt, wie sie im Buche steht: beschaulich, hübsch und friedlich. Wahrzeichen ist der Löwenbrunnen am Marktplatz mit seinem Kopfsteinpflaster und seinen Fachwerkbauten. Ein Vielfaches der eigenen Bevölkerung besucht jährlich die Stadt: Kurgäste, Touristen und Ruheständler. Doch hinter den schmucken Fassaden brodelt es, und die Idylle tut auch in unserer Stadt das, was sie immer tut: Sie trügt …

Einige Bad Löwenauer

Christoph Rubin
Fünfundvierzig Jahre, verheiratet, Kriminalhauptkommissar und Leiter der Polizeiinspektion. Er kehrt nach fünfundzwanzig Jahren Dienst in der Großen Stadt in seine Heimat Bad Löwenau zurück und kann sich nur wundern, was in der Zwischenzeit so alles passiert ist – und was heute so passiert.

Carl Bernstein
Vierundvierzig Jahre, unverheiratet, Journalist. Autor der legendären Kolumne »Der Tag in Bad Löwenau«. Er kleidet sich extravagant und spricht auch so. Bernstein hat nur zwei Schwächen: die Frauen und – die zweite hat er vergessen.

Ricardo
Einundfünfzig Jahre, verheiratet, Besitzer des italienischen Restaurants »Da Ricardo« am Marktplatz. Nur zwei Dinge können sein Leben versalzen: schlechte Pasta und eine Niederlage von Inter Mailand. Ein Lächeln seiner Frau Caterina versüßt es ihm wieder.

Freitag
Zwei Jahre, unverheiratet, Golden Retriever und der treue Begleiter von Hauptkommissar Christoph Rubin. Er bändelt gern mit Hundedamen an, bringt Stöckchen und tapst ansonsten sehr zufrieden durchs Hundeleben

Franziska von Roth
Ungeklärtes Alter, geschieden, Bürgermeisterin von Bad Löwenau, auch »Die Fürstin« genannt, weil sie die Geschäfte der Stadt eigenmächtig nach Gutsherrenart führt. Wenn es um die

Bewahrung des guten Rufs von Bad Löwenau geht, kennt sie weder Freund noch Feind.

Buchhändler Weimar
Zweiundsiebzig, verheiratet, versorgt die Bad Löwenauer mit guten Büchern und genauen Beobachtungen. Er ist ein klassischer Buchliebhaber, dessen Menschenkenntnis nicht zuletzt auf dem schönen Satz beruht: »Sage mir, was du liest, und ich sage dir, wer du bist.«

Iris Adler
Einundvierzig, unverheiratet und Inhaberin der Adler-Apotheke am Marktplatz. Sie sieht in Abendgarderobe wie im Apothekerkittel gleichermaßen blendend aus. Bernstein nannte sie in seiner Kolumne einmal »die attraktivste Pillendreherin seit Lucrezia Borgia«.

1

Die Frau im roten Kleid rammte die Faust in seine Brust und stürzte davon.

Er taumelte benommen, und für einen kurzen Moment schwanden ihm die Sinne. Als er wieder zu sich kam, nahm er augenblicklich die Verfolgung auf. Er hatte sie fast eingeholt, da schlug die Unbekannte einen Haken und verschwand durch eine offene Eisengittertür in die Finsternis eines Kellers. Er rauschte hinterher.

Die plötzliche Dunkelheit blendete wie Feuerschein, und aus der Tiefe schlug ihm Eiseskälte entgegen. Der Geruch von Schimmel und feuchtem Holz stieg ihm in die Nase. Nichts war zu erkennen, keine einsame Silhouette auf der schwarzen endlosen Treppe.

Die Frau war verschwunden.

Doch das war unmöglich. Er vernahm ein leises Geräusch, ein gedämpftes Keuchen, kaum eine Armlänge von ihm entfernt. Mit gespannten Nerven und rasendem Herzen hielt er den Atem an.

Da schrillte plötzlich sein Handy – verräterisch laut in dem totenstillen Kellergewölbe. Kurz darauf ein zweites Mal. Instinktiv tastete er nach der Jackentasche, um es abzustellen. Aber das Handy war nicht da. Er suchte in der Hosentasche, in der Brusttasche seines Hemdes, alles vergebens. Immer lauter dröhnte es in seinen Ohren.

Schließlich entdeckte er das Mobiltelefon. Es lag klingelnd und vibrierend auf dem Nachttisch neben dem Buch, das er am Abend zuvor gelesen hatte.

Hauptkommissar Christoph Rubin erwachte mit einem leichten Gefühl der Benommenheit, drückte den Schalter der Nachttischlampe und nahm das Gespräch an.

»Jana Cerni am Apparat, guten Morgen, Chef. Sind Sie schon wach?«

»Jetzt ja«, murmelte Rubin und versuchte, die Augen scharf zu stellen. Er blickte wie durch einen trüben, klebrigen Schleier, der sich erst allmählich lichtete.

»Bitte entschuldigen Sie die Störung am Sonntagmorgen. Aber es gibt Arbeit.«

»Wie spät ist es?«

»Kurz vor halb zehn.«

Rubin wunderte sich, wie lange er geschlafen hatte, denn er war nach dem letzten Rundgang mit Freitag nicht allzu spät zu Bett gegangen.

»Was gibt es, Frau Cerni?« Seine Stimme klang belegt, beinahe heiser, deshalb wirkte er mürrischer, als er in Wahrheit war. Zudem hatte er nach seinem Abendessen mit reichlich Knoblauch bei Ricardo einen faden Geschmack im Mund, mit dem er sich selbst am Telefon nur ungern unterhalten wollte.

»Wir haben eine Vermisstenmeldung.«

»Wo, in der Kurklinik?«

»Nein«, antwortete die Polizistin mit ernster Bestimmtheit, »im Hotel am Marktplatz. Eine Teilnehmerin des Seminars von Dr. von Rehheim, dem Glücksmediziner, ist heute früh nicht zur letzten Sitzung erschienen. Sie heißt Beatrice Hofmann.«

Rubin richtete sich mühevoll im Bett auf und fuhr sich durchs Haar. »Warum sollte das ein Fall für die Polizei sein?«, fragte er, jetzt schon klarer im Ton. »Die Frau könnte einfach nur verschlafen haben.«

»Ja, das habe ich auch gesagt, aber da ist noch etwas …«

Am anderen Ende der Leitung trat eine kurze Stille ein, die sich Rubin nicht erklären konnte. »Verraten Sie es mir?«

»Das Hotelzimmer der Frau ist total verwüstet worden«, flüsterte die Polizistin bewegt.

»Haben Sie das Zimmer selbst gesehen?«

»Ja, Chef, es sieht wirklich schlimm aus.«

»Haben Sie die üblichen Maßnahmen getroffen?«

»Selbstverständlich, Chef.«

Rubin starrte wie gebannt auf die Ecke im Zimmer, in die er am Abend zuvor achtlos seine Kleider geworfen hatte, während er nachdachte. »Wo sind Sie jetzt, Frau Cerni?«

»Ich bin noch im Hotel.«

»Wo ist Schwarze?«

»In der Polizeiinspektion.«

»Gut«, sagte Rubin. »Bleiben Sie, wo Sie sind. Ich bin sofort bei Ihnen.«

Er legte das Handy zurück auf den Nachttisch und stieß unwillkürlich einen Seufzer aus, während er sich ins Kissen zurückfallen ließ. Die Nachttischlampe mit dem hellgrünen Papierschirm beleuchtete das Schlafzimmer nur schwach und warf nicht mehr als einen blassen Schein auf den wuchtigen Holzschrank, die Bilder an den Wänden und den hohen gepolsterten Lehnstuhl, auf dem seine Frau für gewöhnlich ihre Kleider ablegte. Durch schmale Ritze in den Rollläden konnte Rubin den strahlenden Morgen erahnen.

Er war allein, seine Frau war vor zwei Tagen zu einem Besuch ihrer Mutter in der Großen Stadt aufgebrochen. Sie würde vor Dienstagabend nicht zurück sein.

Er schälte sich aus dem Bett und streckte mühevoll den Rücken. Die ersten Schritte waren ein Desaster. Das war vor nicht allzu langer Zeit auch schon mal besser gegangen. Ein Brennen, scharf wie ein Messerstich, durchfuhr ihn vom Nacken über die Rippen bis hinab in die Hüfte. Als er seinen Oberkörper erst nach links und dann nach rechts drehte, knackte es trocken in den Brustwirbeln. Danach ließ der Schmerz schlagartig nach. Er musste sich schütteln und gleichzeitig grinsen. Im nächsten Augenblick trat er ans Fenster und zog beherzt am Rollladengurt.

Grelles, glühendes Sonnenlicht sprang ihm in die Augen.

2

Kurze Zeit später war Rubin mit Freitag auf dem Weg zum Hotel am Marktplatz, über die Hauptstraße hinweg, durch die engen Gassen. Er hatte sich nach dem Anruf unverzüglich auf den Weg gemacht und noch schlaftrunken ein frisches marineblaues Hemd übergeworfen, dazu Sakko und die Jeans vom Vortag.

Nicht einmal die Zeit für einen Apfel zum Frühstück hatte er sich genommen und schweren Herzens auf seinen geliebten Earl Grey mit einer Extraportion Milch verzichtet.

Freitag lief unermüdlich vor Rubin hin und her. Der Golden Retriever wedelte mit dem Schwanz und schnüffelte. Rubin dachte: Freitag liest wieder Zeitung.

Der Himmel über Bad Löwenau war tiefblau und verströmte ein gläsernes, fast durchsichtiges Licht. Es war ein großes, starkes Sommerlicht, dem jedoch schon die Schwere des Herbstes beigemischt war.

Obwohl es noch nicht einmal zehn Uhr war, lag eine angenehme Wärme in der Luft. Es war nahezu windstill. Schon der gestrige Samstag hatte mit außergewöhnlichen Temperaturen überrascht. Der heutige Tag versprach noch heißer zu werden.

Rubin war jetzt hellwach und fragte sich, was ihn im Hotel erwartete. Vermisstenmeldungen konnten tückisch sein. Er erinnerte sich an einen schwierigen Fall vor rund zwanzig Jahren, den er als junger Polizist in der Großen Stadt bearbeitet hatte. Die Sache hatte ganz ähnlich begonnen, bloß war damals nicht ein Hotelzimmer, sondern eine sündhaft teure Penthousewohnung verwüstet worden. Der Vermisste war ein gerissener deutscher Geschäftsmann gewesen, der im Import-Export tätig war und der am Ende …

Plötzlich verspürte Rubin ein leichtes Unbehagen – irgendetwas störte ihn. War es die Erinnerung? Vielleicht. Möglicherweise lag es auch an der Wärme. Oder stimmte etwas mit seiner Kleidung nicht? Er fühlte sich wie eingezwängt. Er zuckte mit der Schulter, als wollte er eine unsichtbare Last abwerfen, und beschleunigte unwillkürlich seine Schritte.

In der Mitte des Marktplatzes erblickte er eine Menschenansammlung. Touristen mit karierten Wanderhemden und Rucksäcken und auch einige Einheimische hatten sich mit allerlei Arten von Trinkgefäßen feierlich, beinahe andächtig um den Brunnen, das Wahrzeichen der Stadt mit seinen vier Wasser speienden Löwenköpfen, versammelt. In Wahrheit jedoch standen sie Schlange, um ihre Ration Heilwasser für den Tag zu schöpfen.

Jetzt, im Spätsommer, beherrschten die mit weißen Tischtüchern bedeckten Tische und die verblichenen Plastikstühle des Café Schirner das Bild des Marktplatzes. Die äußeren Tische mit Frühstücksgästen reichten bis an den Brunnenrand, sodass sich Wasserschöpfer und Cafébesucher des Öfteren ins Gehege kamen.

Nahtlos schlossen sich in Blau und Schwarz die Sitzgarnituren von »Da Ricardo« an. Hier waren allerdings noch keine Plätze belegt, denn für die italienischen Köstlichkeiten war es noch zu früh.

Kurz vor dem Hotel witterte Freitag etwas Außergewöhnliches. Er schnüffelte aufgeregt an einem frischen Hundehaufen. Eine wichtige Eilmeldung in den Hundenachrichten?

Als sich Rubin zu dem Golden Retriever hinunterbeugte, um ihn zu beruhigen, entdeckte er den Grund für sein Unbehagen. Er hatte sich beim Anziehen des Hemdes verknöpft. Was sollte er jetzt tun? Er konnte nicht mitten auf dem Marktplatz sein Hemd aus der Hose ziehen, auf- und anschließend wieder zuknöpfen.

Außerdem hatte ihn längst seine Kollegin Jana Cerni durch die schimmernde Glastür des Hotels entdeckt. Sie stand in der belebten Halle neben einer schwarz gekleideten Frau und winkte.

Rubin winkte zurück.

Keine Chance.

Nun gut, dachte er, dann muss es eben so gehen.

3

Die blonde Polizistin lief Rubin aufgeregt entgegen und wandte sich nach einem herzlichen Handschlag im nächsten Moment nicht weniger herzlich Freitag zu.

Melanie Seifert, die Hotelmanagerin, folgte ihr. Die Lippen und Augen der Mittdreißigerin waren stark geschminkt. Sie trug eine schwarze Pagenfrisur, dazu ein vielleicht etwas zu tief ausgeschnittenes Kostüm, das nur unwesentlich dunkler als ihre akkurate Haarpracht war.

»Guten Morgen, Herr Hauptkommissar, guten Morgen, hallo … Eine Aufregung ist das hier, ich fasse es nicht. Was für ein Vormittag! Wahnsinn!«

Sie hatte eine kleine untersetzte Statur und strahlte Energie und Tatkraft aus. Als sie Rubin die Hand entgegenstreckte, war die Innenfläche feucht und der Händedruck überraschend weich.

»Ja, wie gesagt, das ist eine dumme Sache hier, ich habe Sie so schnell wie möglich informiert, als ich von unserem Serviceteam eben gerade erst die Rückmeldung erhalten habe, dass das Zimmer eines Gastes verwüstet worden ist. Aber was heißt verwüstet, es ist …«

Während sie weitersprach, hektisch, rasend und unnötig laut, klebte ihr Blick wie magisch an Rubins schiefem Hemdkragen. Von dort aus folgten ihre Augen der schiefen Knopfleiste nach unten. Sie zog abschätzig die linke Augenbraue hoch.

»Der Name der Vermissten ist Beatrice Hofmann«, fuhr sie fort, ohne auch nur einmal Luft zu holen. »Aber das habe ich Ihrer Kollegin, Frau, äh, ja schon mitgeteilt, sie ist Teilnehmerin des Seminars ›Lach dich frei zu deinem Glück‹ von diesem Doktor, Dr. von Rehheim, das in unserem schönen neuen Seminarraum stattfindet. Dort hinten sehen Sie übrigens das Plakat, sieht gut aus, oder? Ich meine das Design, sagen Sie selbst, ist doch sensationell geworden, oder? Der Grafiker hat wirklich einen super Job gemacht. War auch nicht ganz billig, aber egal. Die Farben des Hotels als Banner, einfach klasse, wir haben nämlich, müssen Sie wissen …«

Ihre Worte waren ein einziger überbordender Schwall, summend wie ein Bienenschwarm. Es schien, als wollte sie nie wieder aufhören zu reden, egal worüber. Rubin suchte nach einer Lücke, einem schmalen Sesam-öffne-dich, um eine Frage anzubringen, ohne so unhöflich zu sein, ihr ins Wort zu fallen. Doch er fand keine.

»Frau Seifert, Sie tragen schöne Schuhe. Haben Sie die aus Bad Löwenau?«, unterbrach er sie schließlich grinsend, doch mit unmissverständlichem Nachdruck.

Die Hotelmanagerin verstummte, schluckte und schwieg. Ja, sie war tatsächlich perplex. Auf genau diese Reaktion hatte Rubin spekuliert. In die Stille hinein stellte er jetzt seine eigentliche Frage: »Um welche Art von Seminar handelt es sich – ein wissenschaftliches?«

Unschlüssig, welche Frage sie zuerst beantworten sollte, entschied sich Melanie Seifert für die zweite. »Welche Art von Seminar? Keine Ahnung … Das weiß ich nicht, die Inhalte unserer Veranstaltungen gehen mich nichts an, ich vermiete lediglich die Räumlichkeiten. Aber ich muss Ihnen ehrlich sagen, und ich bin ein Mensch, der immer gern frei heraus sagt, was er denkt, wir beide kennen uns ja noch nicht, aber ich bin der Meinung, Offenheit und Ehrlichkeit, und ein Stück weit auch Verlässlichkeit, sind die Basis von allem. Deshalb sage ich Ihnen nun ganz offen: Ich bin über das Ganze hier nicht überrascht.«

Sie machte zum ersten Mal eine Pause und spielte mit ihrer Frisur, während sie Rubin und Jana Cerni abwechselnd erwartungsvolle Blicke zuwarf.

»Wovon überrascht?

»Ich hatte von Anfang an kein gutes Gefühl mit Dr. von Rehheim, so ganz intuitiv, es gibt ja so Momente, die man nicht erklären kann –«

Rubin unterbrach sie, bevor sie wieder loslegen konnte. »Was hat Sie gestört?«

»Na ja, irgendwie ist alles ein bisschen blöd angelaufen, schon im Vorfeld dieses ganze Stargehabe von diesem Dr. von Rehheim, also ich meine, er führt sich ja auch auf wie ein Popstar – oder eine Filmdiva! Also wirklich, das ist schon ein starkes Stück, muss ich sagen. Kennen Sie den Arzt eigentlich?«

Rubin nickte. Doch »kennen« war zu viel gesagt. Er hatte von dem ambitionierten Doktor gehört und in der Zeitung gelesen, der seit einiger Zeit eine Praxis in der Kurklinik hatte und eine medizinische Ratgebersendung auf TV 4, dem Bad Löwenauer Sender, moderierte.

Die Hotelmanagerin rückte näher an Rubin heran, sie berührte ihn sogar vertraulich am Arm. »Immerzu war ihm etwas nicht recht, und immer hat er alles Mögliche verlangt, wollte den Raum mit Plakaten dekorieren, bestimmte Pflanzen haben, Hyazinthen und Orchideen, stellen Sie sich das mal vor! Er sagte, weil die Blumen eine positive Ausstrahlung haben, immer wieder verlangte er etwas Neues, ich bin fast ausgerastet, also so was habe ich noch nicht erlebt, und ich mach das hier schon einige Jahre, wissen Sie, es ist nicht so, dass –«

»Wann hat das Seminar begonnen?«

»Gestern Morgen.«

»Und wann ist planmäßiger Schluss?«

»Heute Nachmittag um siebzehn Uhr.«

»Wie viele Teilnehmer hat Dr. von Rehheim?«

»Tja, gute Frage, müsste ich eigentlich wissen. Weiß ich aber nicht genau, fünfunddreißig oder vierzig? Irgendwas in der Größenordnung. Ich müsste nachschauen.«

»Läuft das Seminar gerade?«

»Ja, ich glaube, ja. Beginn war wie gestern neun Uhr. Erste Pause gegen zehn Uhr dreißig, mit frischen Getränken, Espresso, Kräutertee und Dinkelgebäck. So ist es ausgemacht, alles penibel geplant, und wehe, wenn wir uns verspäten, dann –«

»Haben Sie schon mit Dr. von Rehheim gesprochen?«

Melanie Seifert schob die Unterlippe vor. »Nein«, antwortete sie knapp. »Mit dem rede ich nicht mehr.«

Rubin runzelte die Stirn. »Warum?«

Sie setzte ein gequältes Lächeln auf. »Er hat es gestern einfach übertrieben und sich deutlich im Ton vergriffen. Glaubt wohl, er kann sich alles erlauben, aber seine Starallüren kann er sich sonst wo hinstecken! Bitte verzeihen Sie meinen Ton, aber das alles geht wirklich zu weit –«

»Könnten Sie deutlicher werden, Frau Seifert?«

Sie zerzauste nervös ihr Haar. Nachdem ihre Hand die Frisur verlassen hatte, war der Pagenschnitt wieder so akkurat wie zuvor. »Also, es ist so, Dr. von Rehheim hat bei uns den Seminarraum gebucht, dazu kleine Erfrischungen, außerdem übernachten alle auswärtigen Teilnehmer im Haus. Das ist schön, und deswegen ist es zu verschmerzen, dass er das gemeinsame Mittag- und Abendessen im ›Da Ricardo‹ bestellt hat, das ist zwar nicht ganz so schön für uns, aber okay, da will ich gar nichts sagen, soll Ricardo auch was verdienen. Aber gestern Nachmittag, Herr Hauptkommissar, das müssen Sie sich mal vorstellen, da hat von Rehheim außerplanmäßig fünf Salate geordert, die unsere Küche in den Seminarraum schicken sollte. Das machen wir gewöhnlich nur in Ausnahmefällen, weil Essen in den Räumen nur Dreck macht, und dann hat man wieder Ärger mit dem Sanitärteam, und ach, Sie können sich das nicht vorstellen, jedenfalls, als wir die Salate dann geliefert haben – wie er meinte, viel zu spät! –, hat er sie einfach wieder zurückgegeben, weil er in der Zwischenzeit vor lauter Ungeduld fünf Salate bei Ricardo bestellt hatte. Unsere hat er einfach zurückgegeben und wollte sie nicht auf die Rechnung setzen lassen, und da bin ich, nun ja, ich geb's zu: geplatzt. Ja, ausgerastet! Ist doch verständlich, oder? Und da wird der Schnösel auch noch pampig, ich fasse es nicht! Und seitdem, was soll ich sagen, herrscht Funkstille. Aus und vorbei!«

Rubin erinnerte sich, dass er am Abend zuvor, als er mit Bernstein bei Ricardo gewesen war, eine größere Gruppe in angeregter Unterhaltung erlebt hatte. Aber Ricardo hatte nichts von einem Glücksseminar erzählt. Wenn irgendetwas außergewöhnlich an der Gesellschaft gewesen wäre, Ricardo hätte damit mit Sicherheit nicht hinter dem Berg gehalten, nein, nicht Ricardo.

Melanie Seifert verschränkte beleidigt die Arme vor der Brust, doch ihre Augen glühten noch immer vor Wut und Entrüstung. »Ja, so war das also gestern, und heute haben wir die Vermisste, ich schlage vor, wir geben dem Seminar einen neuen Titel: das *Unglücksseminar*!«

Rubin grinste und musste sich zusammenreißen, um wieder ernst zu werden. Er wusste noch immer nicht, was er von dem Fall halten sollte. Ja, er wusste nicht einmal, ob er überhaupt einen neuen Fall hatte, denn es war gut möglich, dass Beatrice Hofmann in der nächsten Minute mit dunklen Ringen unter den Augen und wirrem Haar um die Ecke gelaufen kam, allein oder in Begleitung, nach einer allzu langen Nacht in Bad Löwenau.

»Kann ich bitte das Anmeldeformular von Frau Hofmann sehen, Frau Seifert?«, fragte Rubin.

»Sicher, einen Moment.«

Während die Hotelmanagerin energischen Schrittes zur Rezeption eilte, dabei gleichzeitig einer Mitarbeiterin eine Arbeitsanweisung zuwarf und einen älteren Hotelgast mit überschwänglicher Geste begrüßte, deutete Jana Cerni zaghaft und schüchtern mit dem Zeigefinger auf Rubins Hemdkragen. »Chef, Sie haben da was.«

»Ich weiß, Frau Cerni, ich weiß.«

»War aber auch ganz schon früh heute Morgen, oder?«, sagte die blonde Polizistin lächelnd und fügte ernster im Ton hinzu: »Wie gehen wir jetzt vor?«

»Am besten, Sie begeben sich zu Schwarze in die Polizeiinspektion, und ich melde mich bei Ihnen, wenn ich hier weitergekommen bin«, sagte Rubin.

»Soll ich schon eine Vermisstenmeldung rausgeben?«

Rubin schüttelte den Kopf. »Ich will zuerst das Hotelzimmer sehen.«

Jana Cerni schickte sich an zu gehen, doch sie ging nicht. »Da wäre noch etwas, Chef«, sagte sie halblaut.

»Ja?«

»Als ich das Zimmer, das, wie gesagt, wirklich schlimm aussieht, vorhin gesehen habe, da dachte ich, wir brauchen bestimmt die Spusi. Und da Sie immer sagen, es ist gut, möglichst früh Gewissheit zu haben, habe ich sie schon mal … gerufen.«

Rubin stutzte. »Wollen Sie damit sagen, die Spurensicherung ist schon auf dem Weg nach Bad Löwenau?«

Jana Cerni blickte bekümmert auf ihre Schuhspitzen. Sie nickte zaghaft.

»Warum haben Sie mich nicht gefragt, bevor Sie das veranlasst haben? Wir wissen doch noch gar nicht, ob Frau Hofmann wirklich verschwunden ist!«

»Weil ich dachte, je schneller, desto besser.«

Rubin überlegte: Die Spurensicherung befand sich in der Stadt, vierzig Kilometer von Bad Löwenau entfernt. Bis die Experten im Hotel sein würden, konnte es eine Weile dauern, zumal Sonntag war. Das Peinlichste, was passieren konnte, war, dass die Ermittler und Beatrice Hofmann sich in ihrem Hotelzimmer begegneten. Dann würde Rubin gezwungen sein, eine Erklärung abzugeben. Er sah schon die strengen, anklagenden Mienen der Experten vor seinem inneren Auge, die seinetwegen für nichts und wieder nichts gekommen waren.

»Also gut, Frau Cerni, es ist, wie es ist. Bis später.«

Als die Polizistin, nicht ohne Freitag den Kopf getätschelt zu haben, gegangen war, kehrte Melanie Seifert mit dem Formular zurück.

Rubin überflog es rasch.

»Hier steht, Beatrice Hofmann hat schon am Donnerstagabend eingecheckt. Wissen Sie, was sie vorhatte? Das Seminar begann ja erst am Samstag, wenn ich es richtig verstanden habe.«

»Nein, tut mir leid. Das weiß ich nicht.«

»Ist Frau Hofmanns Zimmerkarte da?«

»Nein.«

»Sind Sie Frau Hofmann einmal persönlich begegnet?«

»Auch da muss ich passen. Wissen Sie, wir sind an diesem Wochenende komplett ausgebucht. Ich kann nicht alle Gäste kennen – gut, den älteren Herren eben kannte ich, das ist aber auch ein Stammgast, der seit ...«

Rubin entnahm dem Formular, dass die Vermisste in der Großen Stadt wohnte, der Postleitzahl zufolge im selben Viertel, in dem auch Rubin viele Jahre gelebt hatte. Sie war fünfzig Jahre alt und hatte eine unleserliche, fast hektische Schrift, wie jemand, der nicht oft mit der Hand schreibt oder es gewohnt ist, lediglich kurze Gedankenstützen für den eigenen Gebrauch festzuhalten.

»Ich möchte das Zimmer von Frau Hofmann sehen. Wie lautet die Zimmernummer?«

»Das ist die 313«, antwortete die Hotelmanagerin prompt. »Ein besonders ruhiges Zimmer, wie sie es verlangt hat, wir haben die Zimmer erst kürzlich komplett renoviert, neues Bad, neue Betten und Matratzen, man muss halt was tun, man darf nicht stehen bleiben, die Konkurrenz schläft nicht. Soll ich mitkommen, Herr Kommissar?«

Rubin zögerte keine Sekunde. »Vielen Dank, Frau Seifert, machen Sie sich bitte keine Mühe.«

4

Rubin und Freitag stiegen in den Lift. Dem Golden Retriever war der ruckartige Start nicht geheuer, er fiepte und wollte wieder hinaus, reckte verzweifelt den Kopf zu Rubin, der ihn durch Kraulen und Gutzureden zu beruhigen versuchte. Das gelang so halbwegs, bis der dritte Stock erreicht war. Dann war Freitag wieder glücklich in Freiheit.

Gerade als Rubin mit dem Golden Retriever im Flur des dritten Stockwerks vor Zimmer 313 anhielt, kam Carl Bernstein freudestrahlend um die Ecke gebogen.

Freitag sprang begeistert an ihm hoch. Bernstein schien nur auf die Begrüßung durch Freitag gewartet zu haben und knuffte und puffte den Golden Retriever, der sich vor Freude gar nicht mehr einkriegen konnte.

Bernstein trug an diesem Morgen einen beigefarbenen, kunstvoll zerknitterten Leinenanzug und darunter eine längs gestreifte offene Weste über einem kragenlosen Grandpa-Shirt in Türkis. An seinen Füßen steckten gelbe Espandrillos, die schon bessere Zeiten gesehen hatten. Er hatte sie vor Jahren auf einem Markt in Algier bei einem Berber aus dem Saharaatlas erstanden. Auf dem Kopf trug er einen Strohhut mit breitem Hutband im Tigermuster, in dem, wie eine einsame Antenne, eine Habichtsfeder steckte.

»Guten Morgen, bester Rubin, alter Räuberhauptmann!«

Die beiden Schulfreunde begrüßten sich kurz und herzlich.

»Hast du dich heute Morgen in einem Verlies angekleidet, oder hat die Polizei eine neue Kleiderordnung?«, fragte Bernstein mit Blick auf Rubins verknöpftes Hemd.

Der konnte es schon nicht mehr hören und ging nicht auf Bernsteins Worte ein. Stattdessen fragte er: »Und du, was führt dich hierher? Erzähl mir nicht, dass du dich zufällig ins Hotel verlaufen hast!«

»Mein Bester, Zufälle gibt es nur in einem Spiel mit klaren Regeln. Doch das Spiel, das wir spielen, kennt keine Regeln, und folglich auch keine Zufälle.«

»Komm schon, raus mit der Sprache!«

»Bei allen Detektiven und Inspektoren! Ich weiß auch nur das, was mir ein zauberhaftes Vögelchen heute früh sanft zugezwitschert hat.« Er deutete auf das Türschild der einen schmalen Spaltbreit offen stehenden Tür. »Und das ist, wenn mich nicht alles täuscht, das Zimmer der Vermissten. Stimmt's, oder hab ich recht?«

»Hat dir das auch das Vögelchen gezwitschert?«

»Ein anderes«, sagte Bernstein und wies auf das Ende des Flurs, wo eine junge Frau in einem weißen Kittel zerknitterte Bettlaken in einen Kleidersack stopfte. »Das ist Jamuna aus Bangladesch. Zwar lässt mein Bengalisch zu wünschen übrig, doch dasselbe trifft auch auf ihr Deutsch zu. Mit anderen Worten: Wir haben uns prächtig unterhalten.« Er beugte sich vornüber und spähte durch den Türspalt. »Sieht ziemlich chaotisch aus in der Räuberhöhle. Besser, wir gehen der Sache auf den Grund.«

Er wollte gerade seinen Fuß über die Türschwelle setzen, da hielt ihn Rubin am Arm zurück. »Halt, Bernstein! Das ist eine polizeiliche Ermittlung. In wenigen Minuten wird die Spurensicherung hier sein.«

Bernstein schürzte die Lippen. »Oh, wie aufregend! Hast du schon eine offizielle Vermisstenmeldung veranlasst?«

Tja, genau das war der Punkt. Eins zu null für Bernstein. Rubin schüttelte den Kopf.

»Na, siehst du, wo nichts ist, da kann ich auch keinen Schaden anrichten. Und wie heißt das alte Bad Löwenauer Sprichwort? Vier Augen sehen mehr als zwei, vier Hände greifen mehr als drei, und vier Füße laufen fast so flink wie Freitag.«

Mit diesen Worten enterte Bernstein das Zimmer und hing seinen Strohhut an die Garderobe links vom Eingang. Rubin folgte mit dem Golden Retriever. Das Erste, was der Hauptkommissar tat, als er im Vorraum des Zimmers mit dem dunklen Holzschrank und dem Ganzkörperspiegel stand: Er schloss die Tür hinter sich, zog sein Hemd aus der Hose und sorgte endlich für Ordnung in der schiefen Knopfreihe.

Danach fühlte er sich wie ein neuer Mensch.

Das Hotelzimmer von Beatrice Hofmann war mit Kleiderstücken übersät. Sie lagen wirr verstreut auf dem blauen Teppichboden, auf dem weiß bezogenen Bett und auf einem goldverzierten Stuhl, der in der Ecke stand. Sogar auf dem Schreibtisch unter dem Fernseher an der Wand lag ein Paar ineinander verknoteter Socken.

Rubin wunderte sich, dass sowohl Jana Cerni als auch Melanie Seifert von einem »verwüsteten« Zimmer gesprochen hatten. Die Beschreibung traf nicht ganz zu, denn es war nichts zerbrochen oder zerschlagen worden; es herrschte nur ein großes Durcheinander, und einige Dinge waren ganz offensichtlich nicht mehr an ihrem ursprünglichen Platz.

Rubin und Bernstein zählten drei Blusen in den Farben Champagner, Dunkelgrün und Oxfordblau an unterschiedlichen Stellen im Zimmer. Dazu zwei Röcke, schwarze, spitzenbesetzte Unterwäsche und ein hautfarbener BH. Des Weiteren zwei Paar Schuhe, nussbraune Pumps und leichte flache Sommerslipper. Die Bettdecke war zerwühlt, ebenso das Kopfkissen, die Nachttischlampe war umgestoßen worden, aber noch intakt. Ein Bild in Pastellfarben hing schief an der Wand. Alles machte den Eindruck, als habe jemand etwas Bestimmtes gesucht und die Unordnung gezielt verursacht, um zu verbergen, was es war.

Beim Anblick des Zimmers stieg in Rubin unwillkürlich die Erinnerung an den alten Fall aus der Großen Stadt auf. Die Wohnung damals hatte fast genauso ausgesehen. Überall

Kleider und umgeworfene Gegenstände. Es hatte ihn Wochen der Ermittlung gekostet, um herauszufinden, dass es sich um nicht mehr als ein raffiniertes Ablenkungsmanöver gehandelt hatte.

Während Rubin noch nachdachte und das dargebotene Chaos auf sich wirken ließ, machte sich Bernstein augenblicklich daran, die Kleider zu untersuchen. »Stopp, nichts anrühren, Bernstein!«, rief Rubin.

Abrupt zog Bernstein die Finger zurück und vergrub demonstrativ beide Hände in den Hosentaschen. Dabei fiel Rubin ein, dass er vergessen hatte, Handschuhe einzustecken. Er suchte nach einem Taschentuch in seinen Jackentaschen, aber auch das war vergebens.

»Einen Moment, ich denke, ich weiß Rat«, rief Bernstein. Er durchquerte das Zimmer und lief hinaus auf den Flur, genau in die Arme der jungen Reinigungskraft aus Bangladesch. Nach einem kurzen lebhaften Hin und Her in einer Sprache, die Rubin noch nie gehört hatte, kehrte Bernstein breit grinsend mit rosafarbenen Gummihandschuhen zurück.

»Sie entsprechen zwar nicht zu hundert Prozent der kriminaltechnischen Norm, sind aber besser als nichts, will ich meinen.«

Rubin zwängte notgedrungen seine Finger in die engen Handschuhe und ließ den rosafarbenen Gummi über die Handballen schnappen, während Bernstein auf die beiden Fenster deutete, hinter denen der schöne Bad Löwenauer Morgen erstrahlte und von denen eines gekippt war.

»Wer auch immer hier seinem Drang zur Umgestaltung nachgegeben hat, von außen hat er sich keinen Zutritt verschafft«, bemerkte Bernstein.

»Die Zimmertür ist auch unversehrt.«

»Vielleicht kannte Beatrice Hofmann den Wüterich und hat ihn selbst hereingelassen.«

»Oder jemand ist im Besitz ihrer Zimmerkarte gewesen.«

Während die beiden einander gegenüberstanden, der eine links, der andere rechts vom Doppelbett, das mit nur einer Decke versehen war, schnüffelte Freitag unermüdlich und wedelte mit dem Schwanz. Rubin allerdings wollte verhindern, dass er Spuren verwischte, deshalb sagte er: »Sitz!«, und Freitag legte sich folgsam im Eingangsbereich ab, den Kopf auf die Vorderpfoten gebettet, und verfolgte das Treiben fortan aus der Froschperspektive.

Rubin sah, dass Bernstein die Kleider begutachtete. Ein guter Ansatzpunkt. »Was fällt dir auf?«, fragte er.

Bernstein sog Luft durch die Zähne. »Blusen und Röcke zeugen von gutem Geschmack und gehobenem Einkommen, elegant und klassisch«, antwortete er, die Hände noch immer tief in den Taschen vergraben. »Unsere Beatrice vermeidet bewusst überflüssigen Firlefanz, den manch eine Dame mit fehlender Klasse bisweilen mit Chic verwechselt. Ihre Unterwäsche zeugt gleichermaßen von Extravaganz wie Romantik. Alles in allem hat die Kollegin Stil, das muss man ihr lassen.«

»Kollegin?«

»Ja, Beatrice Hofmann ist auch Journalistin.«

»Woher weißt du das?«, fragte Rubin überrascht.

»Das reizende Vögelchen, das mich heute rief, weiß viele Lieder zu singen.«

Rubin stemmte die Hände in die Hüften. »Bernstein, wenn du etwas weißt, das für die Ermittlung wichtig ist, dann raus damit. Keine Spielchen!«

»Immer mit der Ruhe, mein Lieber, und eins nach dem anderen. Wirf lieber einen Blick auf das Nachtlager. Bist du so gut und lüftest bitte mit deinen Spurensucherhandschuhen die Bettdecke?«

Rubin schlug die zerwühlte Decke, die schräg über die Matratze gebreitet war, zurück und enthüllte einen angetrockneten braunen Fleck in der Mitte des Lakens, etwa auf Höhe der Hüfte, wenn man von einem schlafenden Menschen mittlerer Größe ausging. Eindeutig Blut, daran bestand kein Zweifel.

Bernstein riss die Hände aus den Hosentaschen und klatschte. »Volltreffer! Und wie erregend – zügellose Fesselspiele in Bad Löwenau. Wer hätte das gedacht? Hemmungslose Ekstasen der Lust, wie sie nur die Verschwiegenheit eines Hotelbettes zu entfesseln vermag!«

Rubin räusperte sich und sagte: »Ich fürchte, die Phantasie geht wieder mit dir durch.«

Er kannte das zu gut. Bernstein erzählte immer Geschichten, für ihn war alles eine Geschichte, die es farbenprächtig zum Besten zu geben galt. Doch nicht immer konnte Rubin auf Anhieb erkennen, was darin Wahrheit sein mochte und was pure Erfindung.

Bernstein grinste. »Gut, dann eben so: Die gute Beatrice hat in den arktisch weißen Bettlaken jüngst ihre Unschuld verloren und harrt jetzt demütig im Beichtstuhl eines eisigen Kirchenschiffes.«

»Die Frau ist fünfzig, Bernstein!«

»Na und? Besser spät als nie. Aber du hast recht. Die Möglichkeit der Fesselspiele ist wahrscheinlicher – und ungleich faszinierender.«

»Vielleicht war es auch einfach nur ein Gerangel.«

»Bei Venus, Mars und Jupiter – ›einfach‹ ist mir entschieden *zu* einfach!«

Rubin beugte sich prüfend über die Matratze und sagte: »In jedem Fall werde ich eine Blutuntersuchung anordnen und das Laken auf Fingerabdrücke untersuchen lassen.«

Kaum einen Augenblick später eilte Bernstein an seinem Freund vorbei in das großzügig geschnittene, vollständig gekachelte Bad mit Badewanne und Duschvorhang. »Oh, der klassischste aller Düfte! Der fünfte und beste in einer legendären Serie«, rief er und atmete genüsslich ein.

Im Waschbecken lagen die Scherben eines Parfumflakons,

eine Zahnbürste und eine offene Zahnpastatube. Die Luft war kräftig gewürzt. Rubin war der schwere sinnliche Geruch schon beim Betreten des Zimmers aufgefallen. Hier im Badezimmer war er beinahe erstickend.

Auf dem Kachelboden, gleich neben der Badewanne, lag ein umgekippter Schminkkoffer mit geöffnetem Deckel. Lippenstifte in unterschiedlichen Rottönen, Geldmünzen und benutzte Schminktücher lagen verstreut herum. Unter dem Waschbecken entdeckte Rubin eine Kreditkarte in einem verschlissenen Plastikschuber, zwei Goldringe und ein silbernes Bonbonpapier. Er fragte sich, was Beatrice Hofmann wohl noch alles in ihrem Schminkkoffer aufbewahrt hatte.

Ein Blick hinein offenbarte weitere Papiertaschentücher und Parfumflakons, zusammengerollte Geldscheine, eine Perlenkette, mehre wertlose Modeschmuck-Ringe sowie eine Puderdose und zwei Nagellackfläschchen.

Ein Strahlen huschte über Bernsteins Gesicht. »Wer dieses Köfferchen durchwühlt hat, weiß zwar um die Geheimnisse der Damenwelt, doch kennt er sie nur oberflächlich«, sagte er. »Wie alle Geheimnisse hat auch dieses einen doppelten Boden. An den Münzen und der Kreditkarte, Geld und Schmuck sehen wir, dass Beatrice wie viele Damen die mehr oder minder vorteilhafte Angewohnheit hat, ihre Wertsachen zusammen aufzubewahren. Und wir fragen: Sehen wir alle Dinge, die für sie von Wert sind? Hm ... Siehst du das Fach im schwarzen Innenfutter mit dem Reißverschluss?«

Rubin nickte.

»Wie du erkennen kannst, ist der Stoff ausgebeult. Ich müsste mich sehr täuschen, wenn dahinter nur ein weiteres Fläschchen mit Nagellack in Safrangelb verborgen wäre. Wärst du bitte so freundlich, Licht ins Dunkel zu bringen?«

Rubin zog den Reißverschluss auf und entnahm dem geheimen Fach ein schwarzes Notizbuch. Erstaunt starrte er seinen Jugendfreund an. »Woher hast du das gewusst?«

»Bester Rubin, seitdem wir im Zimmer sind, tun wir unablässig dasselbe. Wir untersuchen die Dinge, die da sind, die Blusen, die Röcke, den Blutfleck. Das ist gut, aber nicht gut genug. Denn ebenso wichtig sind die Dinge, die nicht da sind, aber da sein sollten.«

»Du meinst den Laptop, der vor Kurzem noch benutzt worden ist.«

Bernstein grinste anerkennend. »Dem offiziellen Ermittler ist also nicht entgangen, dass auf dem Schreibtisch das Internetkabel noch in der Buchse steckt, aber nirgendwo ein Computer ist. Tja, der Laptop, das erste unverzichtbare Werkzeug eines Journalisten. Das zweite …« Bernstein griff in die Innentasche seines Leinenjacketts und riss sein Diktiergerät wie ein Florett in die Höhe. »… ist dieses kleine Hilfsmittel, ohne das ich mich nie aus dem Haus begebe – ein unbestechlicher Seismograf der Wahrheit. Wenn Beatrice Hofmann die Journalistin ist, für die ich sie halte, wird sie ohne Diktiergerät noch nicht einmal auf die Toilette gehen, um sich die Nase zu pudern. Das dritte Werkzeug hältst du gerade in der Hand.«

Rubin blätterte vorsichtig in dem Büchlein. Es war etwa zur Hälfte mit schlecht lesbaren, sehr knapp gehaltenen Notizen und Telefonnummern gefüllt. Auf der ersten Seite standen der Name und die Anschrift der Vermissten sowie eine Zahlenfolge, die auffallend deutlich geschrieben worden war.

»Wir kommen später darauf zurück«, sagte Rubin und tippte mit der Fingerspitze gegen ein Badetuch auf dem Wannenrand. Gleich daneben befand sich ein Epiliergerät ohne Schutzkappe. »Das Handtuch ist vor längerer Zeit benutzt worden, es ist nicht mehr feucht.«

»Offensichtlich hatte Beatrice gestern ein Date, ein sehr wichtiges sogar.«

»Woher willst du das schon wieder wissen, Bernstein?«

»Zweifelsohne hat sie die Pracht ihres Körpers der reinigenden Kraft eines Duschstrahles ausgesetzt. Doch damit nicht genug. Sie hat sich auch eigens die Beine enthaart. Das beweist, sie hat sich sehr viel vorgenommen.«

Er ging in die Hocke und nahm den Epilierer in Augenschein. Dabei streckte er die Hände weit von sich, um das Gerät nicht versehentlich zu berühren. Als er sich wieder aufrichtete, sagte er leise: »Meiner Seel! Blut. Warum hat sie es nicht entfernt?«

Und tatsächlich, auch Rubin entdeckte kaum sichtbare blasse Blutspritzer am Kopf des Gerätes. »Vielleicht, weil es ihr egal war?«, vermutete er.

»Unsinn, mein Bester. Beatrice ist nicht nur elegant, sondern auch ordentlich, sehr genau, penibel, wenn man will. Sie hätte niemals die Schande eines Flecks toleriert. Hast du dir die champagnerfarbene Bluse einmal näher angesehen?«

Rubin nickte.

»Aber nicht genau, wie mir scheint. Dir ist entgangen, dass die Bluse einen Fleck am Kragen hat, sehr klein, fast unsichtbar, doch unbestreitbar vorhanden. Zweifelsohne hat sie versucht, ihn auf altbewährte Manier mit Seife und Wasser zu bekämpfen, hat dabei aber den Fleck nur noch tiefer in den Stoff gerieben. Gerade das Scheitern ihres Versuchs bezeugt meine These, dass sie es für gewöhnlich sauber und ordentlich mag.«

»Was hat das mit dem Blut auf dem Epiliergerät zu tun?«

»Nur ein unordentlicher Mensch hätte das Blut nicht abgewischt. Also muss etwas Gravierendes die Ordnung in Beatrices Leben zerstört haben; sie war über die Maßen nervös, ich möchte sagen: tödlich irritiert.«

»Warum?«

»Eine Frau wie sie hat Erfahrung darin, die Herrlichkeit ihrer Beine unversehrt zur Geltung zu bringen. Sie hat die Bewegungen des Apparates unzählige Male ausgeführt. Jemand muss sie aus ihrer Routine gerissen haben.«

Rubin dachte nach. »Wenn du recht hast, Bernstein, was sagt uns das über den Blutfleck auf dem Bettlaken?«

»Ha! Entweder hat sie der Schüttelfrost der Lust alle Ordnungsliebe vergessen lassen, oder …?«

»Oder es ist nicht ihr Blut.«

Bernstein schnippte mit den Fingern.

»In jedem Fall werde ich auch die Blutspuren auf dem Epiliergerät untersuchen lassen«, sagte Rubin und blickte auf die Uhr. Er fragte sich, wann wohl die Spurensicherung eintreffen würde.

»Kommen wir nun zum Notizbuch«, sagte Bernstein und griff im selben Moment voller Enthusiasmus nach der kleinformatigen schwarzen Kladde, die Rubin noch immer zwischen Daumen und Zeigefinger hielt.

»Stopp, nicht anfassen, Bernstein!«

Doch da war es schon zu spät. Bernstein hatte seine Spur hinterlassen. Erschrocken ließ Rubin das Büchlein los, und es klatschte mit einem dumpfen Geräusch auf den Kachelboden.

»Mensch, Bernstein!«

»Ich bitte tausendfach um Vergebung und gelobe sofortige Besserung!«

Rubin bückte sich, um das Notizbuch aufzuheben. Jetzt brauchte er es der Spurensicherung nicht mehr vorzulegen, es würde nur unnötige Fragen aufwerfen. Deshalb ließ er es in der Jackentasche verschwinden, während Bernstein wie elektrisiert an Rubin vorbei zurück ins Zimmer stürzte. Freitag, der brav im Vorzimmer gewartet hatte, fühlte sich durch die unvermittelte Aktion ermuntert und dachte wohl, er könnte endlich wieder durch die dunklen Flure hinaus in den sonnigen Morgen laufen. Doch daraus wurde nichts.

Bernstein positionierte sich in der Mitte des Zimmers, legte den Zeigefinger auf die Lippen und betrachtete noch einmal hoch konzentriert den Raum, das Bett, die zurückgeworfene Bettdecke, die Blusen auf dem Teppichboden. »Nirgendwo, tatsächlich, ich dachte es mir«, murmelte er nachdenklich.

»Bernstein, du sprichst in Rätseln.«

»Ihre Handtasche meine ich. Nirgendwo eine Spur davon. Denn die Sache ist die: Der Schminkkoffer ist das Eleganz-arsenal einer Dame im Großformat, die Handtasche in klein. Selbstverständlich nimmt Beatrice sie überallhin mit hin. Da wir im Zimmer die Tasche nicht entdecken können, drängt sich ein einziger grausamer Schluss auf: Beatrice ist nach ihrem aparten Rendezvous nie wieder ins Hotel zurückgekehrt. Es war ihr gnadenlos letztes Abendmahl.«

»Langsam, Bernstein. Noch wissen wir nicht, ob sie tot ist«, beschwichtigte Rubin.

Indessen huschte Bernsteins Blick noch immer über die Gegenstände der Einrichtung. Dann, beinahe geistesabwesend, zückte er sein Smartphone und tippte erstaunlich langsam und bedächtig etwas ein. Während er schrieb, betrachtete er weiterhin den Raum aus dem Augenwinkel.

»Was ist denn das?«, rief er plötzlich fassungslos und tauchte unter das Bett.

5

Denselben Lift, den kurz zuvor Rubin mit Freitag benutzt hatte, bestiegen jetzt zwei Männer mit eisigen Mienen. Sie vermieden jedes Gespräch. Finster starrten sie vor sich hin. Der eine, der Jüngere, kaute Kaugummi, der andere nicht.

Zum Glück waren sie allein in dem engen Fahrstuhl, dessen Wände mit Spiegeln überzogen waren. Wer hätte sich in ihrer Nähe nicht eingeschüchtert, unbedeutend und mithin als störend empfunden?

Ihr Schweigen wirkte wie abgesprochen und gehörte, wie die Strenge der Blicke und der stumme, doch unerbittliche Vorwurf in den Augen, zu ihrem täglichen Geschäft.

Sie wussten, was sie taten.

Auf dem Marktplatz draußen, in der Sonne, wären sie vielleicht nicht weiter aufgefallen, da wären sie in verbeulten Jeans und T-Shirts unscheinbar wie Schottersteine auf einem Abhang voller Geröll gewesen.

Doch hier war es anders.

An ihren Händen klebten blassgelbe dünne Gummihandschuhe. Sie trugen Aluminiumkoffer, die sie nicht abzustellen gedachten, sondern eng umklammert festhielten, jederzeit bereit, den Inhalt auszubreiten, um loszulegen, um anzufangen.

Das, wozu sie gekommen waren.

Jetzt durchquerten sie den Flur. Der Ältere vorneweg. Seine Schritte zeugten von entschlossener Zielstrebigkeit. Er folgte einer oft geübten und nie in Frage gestellten Routine.

Vor der Tür mit der Nummer 313 blieben sie stehen und wechselten kurze, doch vielsagende Blicke. Auch das schien zu einer Routine zu gehören, tausendmal vollzogen und penibel eingeübt. Mit der Bestimmtheit eines Mannes, der weiß, was zu tun ist, reckte der Ältere die behandschuhte Hand in die Höhe und ließ die Knöchel von Zeige- und Mittelfinger dreimal kurz nacheinander gewaltig gegen das Holz der Tür krachen.

6

Im Zimmer drinnen war Freitag so erschrocken, dass er sich nur durch mehrmaliges Bellen zu helfen wusste.

Rubin öffnete die Tür. »Ah, die Kollegen von der Spurensicherung«, begrüßte er die zwei Männer und versuchte Freitag zu beruhigen.

»Wir haben einen Anruf von der Polizeiinspektion bekommen«, sagte der ältere der beiden streng und blickte sich prüfend um. »Ich vermute, dies ist das Zimmer der Vermissten. Sie haben sich ein erstes Bild von der Lage gemacht.«

Rubin war nicht klar, ob der letzte Satz als Frage oder als Aussage gemeint war, und entschied sich für ein unbestimmtes Nicken.

Der Mann von der Spurensicherung warf einen missbilligenden Blick auf die rosafarbenen Gummihandschuhe an Rubins Händen. »Sie sind sich darüber im Klaren, dass dies nicht der kriminaltechnischen Norm entspricht, Herr Hauptkommissar?«

Rubin nickte schuldinnig und sah, dass der jüngere der beiden Spurenexperten bereits beide Koffer geöffnet hatte und nun mit geübter Sorgfalt zwei weiße Anzüge aus Plastik entfaltete.

»Ich hoffe, Herr Hauptkommissar, Sie haben nichts bewegt oder entfernt. Ich erinnere mich da an gewisse Eigenmächtigkeiten von Ihrer Seite in der Vergangenheit.«

Rubin schüttelte den Kopf.

»Und der Hund da? Was ist mit dem? Hat der eine amtliche Zulassung als Spurenhund?«

Rubin musste verneinen.

»Und was macht er dann hier?«

»Nun, er macht – nichts. Er wartet brav, bis wir fertig sind.«

»Wir? Ist hier etwa noch jemand?« Der Mann von der Spurensicherung ließ argwöhnisch den Blick durchs Zimmer schweifen und setzte gerade zu einer weiteren Rüge an, als Bernstein unter dem Bett hervor in die Höhe schoss. Er verschränkte augenblicklich beide Arme hinter dem Rücken und setzte ein zufriedenes, doch keineswegs ertapptes Lächeln auf.

»Wer ist das, um Himmels willen?«, fragte der ältere Mann.

»Mein Name ist Kara Ben Nemsi, ich bin hier der Neue beim Room Service. Das heißt, ich bin lediglich Praktikant und überlege, ob der Beruf Zukunftsperspektive hat. Um der Wahrheit die Ehre zu geben, ich hege arge Zweifel. Wenn ich mich hier umsehe, so wirkt das Ganze auf mich doch ein wenig desorganisiert – eindeutig zu viel Chaos!«

»Will der uns auf den Arm nehmen?«, entrüstete sich der Mann von der Spurensicherung in Rubins Richtung.

»Nein, ich fürchte, er meint es auf seine Weise sehr ernst.«

Bernstein grinste nur und verneigte sich. »Meine Herren, es war mir eine Ehre, Ihre Bekanntschaft gemacht zu haben. Bis in Bälde.«

Und dann eilte er hinaus, an den Männern vorbei und über die offenen Koffer hinweg in das Vorzimmer, und riss im letzten Moment seinen Strohhut von der Garderobe. Auch Freitag nahm er mit, der sich nicht lange bitten ließ.

Rubin ordnete eine zügige Untersuchung der Blutspuren an, dann folgte er Bernstein und Freitag in den Korridor hinaus und überließ den Rest der Arbeit den Experten.

Auf dem Flur sagte Rubin: »Kara Ben Nemsi! Mensch, Bernstein. Ein bisschen mehr Respekt!«

Bernstein schien seine Worte nicht wahrzunehmen und verschränkte die Arme auf dem Rücken. »Sag links oder rechts!«

»Bitte?«

»So wie früher mit den Murmeln. Los, mach schon!«

»Also gut, links.«

»Treffer!« Bernstein lachte und zeigte die linke Faust. Als er sie öffnete, hielt er ein Benzinfeuerzeug in verzierter Messinghülle darin und schnippte es an. Die Flamme war auf Anhieb da, und es roch stark nach Benzin.

»Das hast du also unter dem Bett entdeckt.«

»Hast du Rauch im Zimmer gerochen?«

»Nein. Es lagen auch keine Zigarettenschachteln herum.«

Bernstein schnippte mit den Fingern. »Wenn Beatrice Raucherin ist, dann will ich künftig und für alle Zeiten der Marlboro-Mann sein.«

»Das bedeutet, wer auch immer das Zimmer durchwühlt hat, er ist in jedem Fall Raucher.«

»Und zwar einer, der seine Sargnägel ab heute mit Streichhölzern zünden muss.«

7

Der neue Seminarraum, erst kürzlich durch kostspielige Renovierungen zu einem Prunkstück des Hotels am Marktplatz ausstaffiert und dank des freundlichen Ambientes als besonders geeignet für Meetings, Tagungen und Coachings angepriesen, befand sich in der dritten, der obersten Etage des Hotels. Hohe Fenster warfen ein klares, volles Licht hinein. Wenn man hinausblickte, konnte man unten auf dem Marktplatz den Anblick des Brunnens genießen. Geradeaus sah man über die Grenzen der Stadt hinaus auf die Wälder, die sich bereits zartbraun, ocker und orange zu verfärben begannen.

Das Hotel war das zweithöchste Gebäude in Bad Löwenau. Vor Kurzem erst hatte der Eigentümer im Stadtrat einen Antrag für eine weitere Etage gestellt, der auch überraschend schnell den Bauausschuss passiert hatte. Bis dem Plan von oberster Stelle jäh ein Ende gesetzt wurde. Bürgermeisterin Franziska von Roth persönlich verhinderte die Genehmigung der Aufstockung in letzter Minute. Offizieller Grund: Sicherheitsbedenken. Doch jeder kannte das wahre Motiv. Das höchste Gebäude in Bad Löwenau war ein für alle Mal das dreieinhalbstöckige Rathaus, in dem die Bürgermeisterin residierte. Obwohl auch das nicht die ganze Wahrheit war, denn der Glockenturm der Simultankirche und der Schornstein der Schamottwerke am Nordrand der Stadt überragten den First des Rathauses bei Weitem. Doch brachte Franziska von Roth nie das Thema darauf, und auch sonst niemand wagte anzusprechen, was an oberster Stelle sowieso kein Gehör gefunden hätte.

Obgleich drei der hohen Fenster offen standen, war die Luft im Seminarraum des Glücksmediziners Dr. von Rehheim stickig und abgestanden, als Rubin, Bernstein und Freitag eintraten. Es war ein seltsames Gemisch von sommerlichen Ausdünstungen, teurem Parfum, herbem Rasierwasser und Orchideen, die ihre schwülstige Süße verströmten. Offenbar war auch das Blumenwasser nicht mehr das frischeste.

An den Wänden hingen pastellfarbene Plakate mit lachenden Menschen darauf. Über jedem Bild prangte ein anderer Motivationsspruch.

SEI KEIN FROSCH –
WERDE GLÜCKLICH WIE EIN PRINZ!

MEHRMALS TÄGLICH LACHEN –
DEIN PERSÖNLICHES GLÜCKSKONZEPT!

Besonders ein in Grüntönen gehaltenes Plakat mit Goldeinfassung sprang dem Betrachter ins Auge, das Dr. von Rehheim in Anzug und Krawatte mit einer Orchidee in der Hand zeigte, sein Gesicht zu einem vollmundigen Lachen verzogen. In gigantischen Großbuchstaben prangte der Titel des Seminars darauf:

LACH DICH FREI ZU DEINEM GLÜCK!

Auf einem Flipchart waren verschiedene Kurven mit rotem Filzschreiber gezeichnet. Alle zeigten steil nach oben.

Dr. von Rehheim stand in der Mitte des Raumes. Nein, das war nicht ganz richtig: Er stand nicht bloß, er präsentierte und zelebrierte sich wie ein Popstar auf einer imaginären Bühne, blendend gelaunt, unwiderstehlich lächelnd, der Wirkungskraft seiner Worte und Gesten mehr als gewiss. Er war umringt von ungefähr vierzig Teilnehmern, in der Mehrzahl Frauen zwischen dreißig und sechzig Jahren. Alle saßen an Tischen, die wie ein zur Tür hin geöffnetes Hufeisen angeordnet waren. War das ein Glücksbringer?

Dr. von Rehheim trug ein rosafarbenes Hemd, dessen oberste Knöpfe geöffnet waren, und sommerlich leichte Jeans. Er hatte eine schlanke Figur, die ein wenig im Gegensatz zu seinem fülligen, ja pausbäckigen Gesicht stand. Auf den zweiten Blick glich er dem Klassenprimus, der unbedingt Schulsprecher werden wollte. Vereinzelt durchzogen graue Strähnen sein volles dunkles Haar.

Kaum waren Rubin, Bernstein und Freitag eingetreten, entstand eine gespannte Stille. Alle Blicke waren starr auf die Neuankömmlinge gerichtet. Freitag war verwirrt über so viele Augen, so viele Gerüche – er schüttelte sich, nieste und hechelte. Bernstein übernahm die Aufgabe, ihn zu beruhigen, während Rubin langsam auf Dr. von Rehheim zuging. Er hatte Bilder von ihm in der Zeitung gesehen. Jetzt, in Wirklichkeit, wirkte er viel jünger und kleiner.

»Mein Name ist Hauptkommissar Christoph Rubin. Ich bin wegen Beatrice Hofmann hier«, erklärte Rubin.

Ein Raunen lief durch das Hufeisen. Seufzen, ungläubige Blicke und Getuschel folgten. Und dann, kaum merklich und für die meisten im Raum wohl unsichtbar, geschah etwas Seltsames. Entsetzen flackerte in Dr. von Rehheims Augen auf. Er schien zu schwanken, zu zittern; doch nur für den Bruchteil einer Sekunde, dann riss er sich wieder zusammen. Doch Rubin war der Schreck, der dem Doktor in die Glieder gefahren war, nicht entgangen.

»Wieso – was ist geschehen, Herr Hauptkommissar?«, fragte von Rehheim, um Nüchternheit bemüht.

Rubin entschied sich, zunächst nicht zu antworten.

Dr. von Rehheim richtete seine Augen zuerst fragend auf Rubin, dann auf Bernstein. Sein erstaunter Blick blieb lange an dem Journalisten kleben. Woran lag es? Fragte sich von Rehheim, was Bernstein hier wollte? Was er in einer polizeilichen Ermittlung suchte? Oder lag es an seinem Aufzug? Dr. von Rehheim war nicht der Einzige, der in einer Mischung aus

Ablehnung und Faszination von Bernsteins Äußerem gefangen genommen wurde. Dieser merkwürdige Leinenanzug, die gelben Espandrillos, die Habichtsfeder im Strohhut …

»Wann haben Sie Beatrice Hofmann zum letzten Mal gesehen?«, fragte Rubin schließlich.

»Hm, lassen Sie mich überlegen … gestern Abend.«

»Wo?

»Wir waren gemeinsam im Pub, in Pits Pinte.« Der Doktor blickte erwartungsvoll in die Runde. Einige der Teilnehmer nickten.

»Hat jemand Frau Hofmann danach noch einmal gesehen?«

Niemand sagte etwas, es folgte ein Kopfschütteln nach dem anderen.

Unter den Teilnehmern befanden sich ein paar bekannte Gesichter. Die Bad Löwenauer Psychologin mit Praxis am Marktplatz, Sybille Meyer, saß mit bunter Brille, verkniffenem Mund und cremefarbener Bluse da. Sie schüttelte den Kopf und blickte strenger als nötig.

Birgit Schirner aus dem gleichnamigen Café am Marktplatz gegenüber dem Hotel saß mit einem seltsam traurigen Lächeln neben Iris Adler, der Apothekerin. Sie trug ein geblümtes Sommerkleid und ihr dunkles Haar geschlossen. Rubin war nicht entgangen, dass Bernstein und Iris Adler beim Eintritt stumme Blicke gewechselt hatten. Er hatte sofort gewusst, wer das Vögelchen gewesen war, das Bernstein die Nachrichten des Tages zugezwitschert hatte.

Die anderen Teilnehmer waren Rubin mit einer Ausnahme unbekannt. Im hinteren Teil des Hufeisens saß gelangweilt, grinsend und kantig wie ein Holzscheit Igor, der Russe. Was hatte ihn in dieses Seminar geführt?

Noch immer wartete Rubin auf eine Antwort, währenddessen sich überraschend Freitag in die Ermittlung einmischte. Bernstein konnte den neugierigen Golden Retriever nicht davon abhalten, jeden einzelnen Teilnehmer persönlich zu begrüßen. Er schnüffelte und tappte die Sitzreihe entlang, wollte unbedingt von jedem gestreichelt werden – eine freundliche Geste zweifelsohne, die jedoch nicht von allen positiv aufgefasst wurde. Rubin rief Freitag zurück, und der Golden Retriever gehorchte – wenn auch nicht sofort.

Dr. von Rehheim ließ es sich nicht nehmen, Freitag kurz das Fell zu kraulen. Er tat es mit spitzen Fingern, und Rubin wusste augenblicklich, dass der Doktor selbst noch nie einen Hund besessen hatte.

Jetzt erst ergriff Rubin erneut das Wort und wandte sich wieder Dr. von Rehheim zu: »Wie erklären Sie sich das Fehlen von Beatrice Hofmann?«

»Tja, darauf habe ich auch keine Antwort«, erwiderte der Mediziner. »Vermutlich ist die Lösung aber ganz einfach. Vielleicht hat Beatrice einen ausgedehnten Spaziergang unternommen? Was keine Überraschung wäre bei unserer guten Bad Löwenauer Luft, die auf einen Menschen aus der Großen Stadt ungewohnt belebend wirkt.«

Einige Teilnehmer lachten verhalten, alle jedoch reagierten erleichtert auf seine Worte. Es wirkte ein wenig so, als ob manche der Anwesenden nach der Frage des Polizisten verzweifelt auf eine erlösende Antwort des Glücksmediziners gewartet hätten.

»Machen Sie sich keine Sorgen, wo Frau Hofmann ist? Sie ist seit zwei Stunden überfällig«, fragte Rubin.

Dr. von Rehheim wollte etwas Tiefsinniges antworten, doch auf die Schnelle fiel ihm offenbar nichts ein. Jetzt wirkte er wie der Klassenprimus, der seine Hausaufgaben nicht gemacht hatte.

»Haben Sie nicht nach ihr gesucht?«, fragte Rubin weiter.

»Ja, hätten wir denn die ganze Stadt nach ihr abklappern sollen? Das ist doch gar nicht unsere Aufgabe – wir sind ein Seminar, kein Kindergarten«, scherzte Dr. von Rehheim, und etwas Bitteres lag in seinem Ton, der eigentlich witzig klingen sollte. Mit einem gequälten Lächeln starrte er in die Runde. In seinem Blick lag Erwartung. Das bemerkten die Seminarteilnehmer, und einige lachten, wenn auch nur aus Pflichtbewusstsein. Wenn die Worte von Rehheims als Witz gemeint waren, so war dieser gründlich danebengegangen. Der Doktor wirkte verlegen, errötete und ärgerte sich offenbar über sich selbst.

Rubin sah kein Weiterkommen. »Haben Sie eine Telefonnummer von Frau Hofmann?«, fragte er, und seine Stimme klang jetzt weniger freundlich als zuvor.

»Ja, selbstverständlich.« Dr. von Rehheim suchte in seinen Unterlagen nach der Liste mit Anschriften, Telefonnummern und E-Mail-Adressen aller Teilnehmer und übergab sie Rubin.

»Haben Sie eine Kopie davon?«

»Ja.«

»Gut, dann werde ich das hier behalten.«

»Glauben Sie, dass etwas Schlimmes mit ihr passiert ist?«, fragte Dr. von Rehheim jetzt in einem Ton, in dem Ärzte für gewöhnlich nach der Vorgeschichte einer Krankheit fragen.

Wieder verzichtete Rubin auf eine Antwort. Aus einem Grund, den er selbst nicht genau kannte, wollte er noch nichts von dem durchsuchten Hotelzimmer erzählen. »Kommt es häufig vor, dass Teilnehmer Ihr Seminar vorzeitig verlassen?«, fragte er stattdessen in einem fordernden Ton, der Bernstein an seiner Seite aufhorchen ließ. Bernstein spürte deutlich, dass sein Freund den Glücksmediziner herausfordern wollte, und behielt deshalb das, was ihm wortreich auf der Zunge lag, einstweilen für sich.

»Es ist das erste Mal«, antwortete Dr. von Rehheim selbstbewusst. »Vielleicht ist Beatrice unzufrieden mit den Ergebnissen des Seminars. Doch das glaube ich nicht. Wir haben gestern sehr angeregt diskutiert.«

Die Teilnehmer nickten zustimmend und erinnerungsvoll.

»Wir führen ein offenes Seminar, Herr Rubin. Jeder kann jederzeit sagen, was er denkt. Energien müssen sich frei entfalten können, um positive Impulse zu setzen.«

»Und hat Beatrice positive Impulse gesetzt?«, schaltete sich Bernstein jetzt in die Befragung ein.

»Ja, selbstverständlich, obwohl sie vielleicht ein bisschen skeptischer hinsichtlich ihrer Glücksbegabung als andere Menschen ist.«

Ein Raunen ging durch den Raum, vereinzeltes Kopfschütteln folgte.

»Was wollen Sie damit sagen?«, fragte Rubin.

Jetzt war Dr. von Rehheim in seinem Element. »Statistiken beweisen, dass Menschen, die an ihr eigenes Glück glauben, es auch mit neunzigprozentiger Wahrscheinlichkeit erlangen. Skeptiker dagegen starten in jede Glückstransaktion mit einem Minus auf ihrem Glückskonto. Sie müssen lange arbeiten, um überhaupt erst mal eine ausgeglichene Glücksbilanz zu erreichen.«

Bernstein zog seinen Hut tiefer ins Gesicht. Einige Teilnehmer schrieben eifrig mit.

»Ist Beatrice ein unglücklicher Mensch?«, fragte Rubin.

Dr. von Rehheim dachte nach. Eine Frau meldete sich wie in der Schule und sagte: »Ich glaube, sie ist nicht sehr zufrieden mit ihrem Leben. Wir haben uns gestern in einer Pause unterhalten. Sie arbeitet zu viel, eindeutig zu viel. Ich glaube, sie hat auch was mit dem Magen.«

Jetzt meldete sich Sybille Meyer, die Bad Löwenauer Psychologin zu Wort: »Aus psychologischer Sicht erkenne ich bei Beatrice signifikante Anzeichen für einen Burn-out.«

Von ihrer Sitznachbarin, einer Frau um die sechzig mit einer Art buntem Turban auf dem Kopf, kam zustimmendes Nicken.

Dr. von Rehheim ergriff wieder das Wort. »Beatrice hat eindeutig ein Glücksdefizit, so viel steht fest. Außerdem ist ihre Lebensweise vielleicht nicht gerade glücksförderlich: zu viel Koffein, zu wenig Dopamin.«

Ein Mann gleich neben Dr. von Rehheim meldete sich. Er sprach sehr ruhig mit einer angenehmen, einnehmenden Stimme: »Wie wir alle wissen, ist Stress die Quelle von zahllosen Krankheiten. Ich hatte gestern das Vergnügen, mit Beatrice in einer Pause ein vertrauliches Gespräch zu führen. Sie klagte über das, was ich häufig zu hören bekomme: zu wenig Zeit für sich selbst, zu viele Aufgaben, keine Entspannung. Es bleibt keine einzige freie Minute Zeit, um einfach mal nichts zu tun und die Seele baumeln zu lassen. Mit einem Wort: Beatrice leidet extrem unter dem Stress, der sie umgibt und den sie sich selber macht.«

Der Mann war Mitte dreißig und hatte blondes gescheiteltes Haar, war stark gebräunt und besaß eine sportliche Figur, ein markantes Kinn mit Grübchen und tiefblauen Augen, die selbstgewiss strahlten.

»Gestatten Sie, dass ich mich vorstelle. Mein Name ist Kai Unger, ich bin Pharmareferent«, sagte er und erhob sich vor Rubin mit einer angedeuteten Verbeugung in altem Stil. Obwohl es im Seminarraum nach wie vor stickig war, trug Unger sein langärmeliges Hemd bis zu den Handgelenken geschlossen.

»Warum so bescheiden, lieber Kai?«, rief Dr. von Rehheim gut gelaunt. »Du musst dein Licht nicht unter den Scheffel stellen. Du bist nicht irgendein Referent eines x-beliebigen Pharmaunternehmens. Du vertrittst eines der innovativsten Unternehmen der Branche.«

Kai Unger blickte verstohlen zu Boden. In seinem Lächeln mischte sich eine helle Bescheidenheit mit etwas anderem, etwas Dunklem, das Rubin noch nicht deuten konnte.

»Vita beata activa«, intonierte Dr. von Rehheim, als ob er aus einem Werbeprospekt zitierte. »Ein klangvoller Name und eine neue Produktpalette, ein Novum in der Glücksmedizin. Allem voran das neue Mittel gegen Kummer, Frust und Stress.«

Er nahm ein Tablettenpäckchen in die Hand. Jeder Teilnehmer hatte neben Schreibunterlagen und Stiften eins dieser Päckchen auf der Tischplatte liegen. Die Verpackung war mintgrün mit rosa Schrift und sah nach einem teuren Inhalt aus.

»›light & free‹, das ist der Name eines kleinen, aber feinen Glücksmomentes. Einfach schlucken und sich gut fühlen. Sagt es selbst! Ihr habt seit gestern die Gelegenheit gehabt, das neue Produkt zu testen. Seid ihr zufrieden damit?«

Tosender Applaus war die Antwort. »Ja!« und »Sicher!« erklang es von überall her. Eine Frau in einem weit geschnittenen Leinenkleid skandierte immerzu: »Light & free, light & free, light & free!« Ein Mann mit Halbglatze und Siebziger-Jahre-Oberlippenbärtchen pfiff auf den Fingern.

Nur Iris Adler, die Apothekerin, räusperte sich überdeutlich laut und tat so, als hustete sie in die geschlossene Faust.

Unter der Woge des Applauses erhob sich der Pharmareferent Kai Unger zu einer weiteren Verbeugung und rief: »Machen wir dem Stress ein Ende!«

Wieder folgten Beifall und Jubelrufe, auch Dr. von Rehheim hielt sich mit Begeisterungsbekundungen nicht zurück.

Rubin und Bernstein sahen einander mit großen Augen an und zuckten mit den Schultern.

»Bei allen Doktoren und Hexenmeistern«, schaltete sich Bernstein jetzt ein, nachdem der Jubelsturm sich gelegt hatte. »Wir leben in einer seltsamen Zeit, nicht wahr? Das Mittelalter hatte die Pest, wir haben den Stress. Nun, da ich heute Gelegenheit habe, mit wahren Meistern ihres Fachs das Thema zu diskutieren, möchte ich eine Frage anschließen, die mich seit einiger Zeit nicht mehr loslassen will: Was sagen die Experten? Haben wir zu viel Stress oder zu wenig?«

Ohne zu zögern antwortete Dr. von Rehheim unter dem

zustimmenden Nicken des Pharmareferenten: »Eindeutig zu viel Stress, Herr Bernstein!«

Bevor er jedoch zu einer weiteren Ausführung ansetzen konnte, wandte Rubin ein: »Hat jeder Teilnehmer ein Päckchen ›light & free‹ bekommen?«

»Jeder. An diesem Wochenende sind alle herzlich eingeladen«, antwortete der Pharmareferent.

»Also auch Frau Hofmann«, sagte Rubin gedankenvoll.

»Ohne Ausnahme.«

Rubin wunderte sich, warum sie eben in ihrem Hotelzimmer keine Packung gefunden hatten, weder auf dem Nachttisch noch zwischen den persönlichen Gegenständen. Dann wandte er sich wieder an Dr. von Rehheim. »Wie schätzen Sie als Arzt die psychische Gesundheit von Frau Hofmann ein? Leidet sie unter Stresssymptomen?«

Wieder wurde es still im Raum. Dr. von Rehheim antwortete nicht sofort, etwas schien ihn zu hemmen. Doch dann sagte er: »Ob Beatrice darunter leidet, das kann ich ohne nähergehende Untersuchung nicht beantworten. Aber ich kann etwas anderes sagen: Sie hat ganz bestimmte Vorstellungen vom Glück – ausgefallene Vorstellungen, die sie nicht unbedingt mit der Mehrheit der Menschheit teilt.«

Es entstand ein Raunen im Raum, ein Gemurmel hob an.

»Könnten Sie konkreter werden?«, fragte Rubin.

Dr. von Rehheim sah in die Runde, in lächelnde, aber auch nachdenkliche Gesichter, die Unverständnis, wenn nicht gar Ablehnung zeigten. »Beatrice ist ein sehr zielstrebiger, ehrgeiziger Mensch«, sagte er. »Sie weiß, was sie will, und sie ist … Wie soll ich es ausdrücken? *Speziell* in ihren Ansichten.«

Die Worte verfehlten ihre Wirkung nicht, vereinzelte Lacher heulten auf, und es folgte der brüskierte Kommentar eines Teilnehmers, ein Mann mit breitem Gesicht und trüben Augen: »Was für Beatrice Glück bedeutet, wäre für manchen von uns eine einzige Zumutung.«

»Tja, so ist das eben«, resümierte Dr. von Rehheim. »Zuletzt ist jeder seines eigenen Glückes Schmied. Doch sagen Sie, wo wir gerade beim Thema sind: Was bedeutet Glück eigentlich für Sie, Herr Rubin?«

Er zögerte mit der Antwort, Bernstein nutzte sofort die Gelegenheit: »Glück? Das sind die richtigen Schuhe zum falschen Hemd. Glück heißt: hoch gestimmt und gut geschissen. Der Rest ist Zauber der Improvisation.«

Nicht alle Teilnehmer lachten.

»Und für Sie, Herr Rubin?«

Er lachte herzhaft und sagte: »Was könnte ich dem ernsthaft hinzufügen?«

Dr. von Rehheim äußerte sich anerkennend in Bernsteins Richtung: »Sie verfügen über ein großes Potenzial an positiven Energien. Und genau die brauchen wir alle im Moment.«

Augenblicklich hingen die Teilnehmer wieder an seinen Lippen.

»Ich schlage vor, dass wir das Beste daraus machen und die Gelegenheit gemeinsam beim Schopfe packen, um einen stressfreien Umgang mit einer Ausnahmesituation zu trainieren. Übung macht den Meister! Wir müssen nur alle unsere positiven Bewusstseinspotenziale konzentriert und kreativ zum Ausbruch bringen. Dann wird alles gut. Und wie gestalten wir das?«

Eine Teilnehmerin rief aufgeregt: »Durch einen Witz!«

Sie erhielt spontanen allgemeinen Beifall und von Dr. von Rehheim ein Lob.

»Wir wissen ja alle: Lachen ist die beste Medizin! Entfesseln wir also für Beatrice unsere Positivität durch die Kraft eines Witzes. Verfahren wir so, wie gestern geübt.«

Er breitete mit großer Geste die Arme aus. Die Teilnehmer folgten seinem Beispiel und berührten sich dabei sanft an den Fingerspitzen, einige schlossen die Augen.

»Wer hat einen Witz?«

Niemand meldete sich.

»Ich hätte da einen guten in petto«, bemerkte Bernstein.

»Gut, ein Außenstehender, warum nicht? Schießen Sie los! Wir sind ganz Ohr.«

Doch gerade, als Bernstein ansetzen wollte, klingelte Rubins Handy. Dr. von Rehheim riss entrüstet die Augen auf und entsandte eisige Blicke in seine Richtung. Rubin nahm das Gespräch halblaut entgegen und begab sich hinaus, während die Zeremonie drinnen ihren Lauf nahm.

8

Jana Cerni war am Apparat. »Chef, ich bin jetzt in der Polizeiinspektion. Wie sieht's aus, soll ich eine offizielle Vermisstenmeldung rausgeben?«

Rubin bejahte.

»Wie soll ich das mit dem Foto von Frau Hofmann machen? Kann ich das Bild verwenden, das mir Ihr Freund Bernstein eben zugemailt hat?«

»Ich weiß nichts von einem gemailten Foto. Ist Frau Hofmann gut darauf zu erkennen?«

»Oh ja, sehr gut. Und sie sieht auch toll aus, wenn Sie mich fragen, sehr elegant, eine Dame von Welt.«

»Gut, Frau Cerni, dann verwenden Sie das Foto.«

Rubin hörte im Hintergrund Tippgeräusche.

»Schon erledigt, Chef. Noch etwas, soll ich vielleicht mit Schwarze in der Stadt eine Befragung der Bewohner vornehmen? Vielleicht erfahren wir ja so was.«

»Gute Idee«, antwortet Rubin. »Aber nur für eine Stunde, danach brauche ich Sie wieder in der Inspektion, denn es werden einige schriftliche Aussagen zur Auswertung auf Sie zukommen.«

»Alles klar, Chef.« Sie zögerte und schien die Arbeitsanweisung zu notieren, dann sagte sie: »Da wäre noch etwas. Wir haben eine Anzeige wegen Fahrerflucht vorliegen, von der Familie Keiser. Das sind die, die früher die Schamottwerke geleitet haben. Wissen Sie?«

»Nicht genau, erzählen Sie weiter.«

»Na ja, es handelt sich um einen roten Sportwagen, vermutlich einen Mercedes. Der muss gestern Abend gegen die Mauer des keiserschen Anwesens am Stadtrand von Bad Löwenau gefahren sein, der Fahrer hat Fahrerflucht begangen.«

»Haben die Keisers das Kennzeichen notieren können?«

»Leider nicht. Aber ich habe die Aussagen der Familie genau protokolliert.«

»Sehr gut, Frau Cerni«, sagte Rubin.

»Danke, Herr Rubin, danke schön«, antwortete die Polizistin voller Stolz.

Rubin begriff, dass sie ihren Fehler vom Vormittag dringend wiedergutmachen wollte. Er war allerdings nicht nur vom Engagement seiner Kollegin angetan, sondern auch von der Arbeit Bernsteins. Eindeutig: An ihm war ein Polizist verloren gegangen. Andererseits hatte es deutlich mehr Vorteile, dass er keiner war.

Noch auf dem Flur vernahm Rubin Gelächter aus dem Seminarraum. Als er eintrat, stellte er fest, dass Bernstein nicht nur einen, sondern eine ganze Reihe von Witzen erzählt hatte. Wie es den Anschein hatte, zur vollständigen Belustigung des Publikums.

»Ich habe einige Fragen an Sie alle«, sagte Rubin, bei dessen Eintreten erst allmählich wieder Ruhe eingekehrt war. »Es erleichtert Ihnen und mir das Leben, wenn Sie Ihre Antworten auf ein Blatt Papier schreiben, inklusive Name, Anschrift, E-Mail und Telefonnummer. Haben Sie etwas dagegen?«

Die ersten Reaktionen waren Schulterzucken, auch skeptisches Stirnrunzeln. Dann sagte Dr. von Rehheim: »Also, ich denke, das sollte kein Problem darstellen. Jede Erleichterung zugunsten eines reibungslosen Ablaufes ist ein Stück voran auf unserem Weg zu einem besseren Leben.«

Die Worte verfehlten ihre Wirkung nicht. Einige der Anwesenden zückten bereits die Stifte und suchten leere Seiten in ihren Schreibblocks.

Rubin stellte seine erste Frage: »Wann haben Sie die vermisste Beatrice Hofmann zum letzten Mal gesehen?«

Die Teilnehmer dachten nach und notierten etwas auf

ihren Blättern. Eine Frau mit einem ärmellosen T-Shirt im Tigerlook sagte unsicher: »Ich habe Beatrice kurz nach Seminarschluss gestern gesehen. Sie war irgendwie nervös.« Die Frau blickte scheu in die Runde. Es war nicht zu übersehen, dass sie nichts Falsches sagen wollte. Aber etwas sagen wollte sie schon.

Eine andere Teilnehmerin meldete sich. »Ich habe sie noch später gesehen, in der Hotelbar. Wir haben uns aber nicht unterhalten.«

Dr. von Rehheim notierte nichts. Rubin bat ihn, seine Aussage ebenfalls schriftlich festzuhalten. Dann stellte er die nächste Frage: »Wo haben Sie den gestrigen Abend verbracht, und mit wem?«

Die Teilnehmer notierten ihre Antworten, während Rubin sehr genau die Mienen beobachtete. Er registrierte hier und da ein Zucken, manchmal intensives Grübeln. Überdies fühlte er sich in seine Schulzeit zurückversetzt. War es nicht genau wie bei einer Deutscharbeit? Bloß, dass anders als damals, als Irmgard Rathenow den Unterricht leitete, jetzt Rubin die Rolle des Paukers innehatte. Bernstein stand in seiner Ecke und verfolgte mit Vergnügen, wie das Seminar des Glücksmediziners vorübergehend einen neuen Leiter bekommen hatte: Rubin, der jedoch im Gegensatz zu von Rehheim keine vorgefertigten Antworten hatte, sondern nur seine Fragen stellte.

»Wer von Ihnen kannte Frau Hofmann bereits vor Seminarbeginn?«

Keine Reaktion.

»Also niemand. Sie haben sie erst hier in Bad Löwenau kennengelernt.«

Alle nickten.

»Ich bitte Sie, auch das auf Ihrem Blatt zu vermerken.«

Als die Teilnehmer damit fertig waren, stellte Rubin seine letzte Frage: »Wer unter Ihnen ist Raucher?«

Allgemeine Verwunderung über die Frage und erste Anzeichen des Widerspruchs machten sich breit. Schließlich gab es vereinzelte Wortmeldungen, widerstrebend, beinahe feindselig, und es schien fast so, als ob Rubin nicht nach einer Angewohnheit gefragt hätte, sondern nach intimen Details des Privatlebens. Kai Unger, der Pharmareferent, meldete sich, ebenso wie die Psychologin Sybille Meyer.

Eine hagere Frau mit einem blassen, ovalen Gesicht entrüstete sich: »Ich finde die Frage diskriminierend, Herr Hauptkommissar. Sind wir jetzt etwa tatverdächtig, nur weil wir Raucher sind? Was will man uns denn noch unterstellen? Erst heißt es, wir vergiften unsere Mitmenschen durch Passivrauchen, und jetzt sollen wir auch an dem Verschwinden von Beatrice schuld sein. Wir werden geächtet wie Verbrecher und stehen unter Generalverdacht. Ich fasse es nicht!«

»Es ist nur eine einfache Frage«, sagte Rubin.

»Diskriminierung ist das, kann ich Ihnen sagen, ich mache da nicht mit!«

»Liebe Charlotte, bitte beruhige dich«, schaltete sich Dr. von Rehheim ein. »Herr Rubin macht nur seine Arbeit. Du musst daraus kein philosophisches Problem von gesamtgesellschaftlicher Bedeutung machen.«

»Was soll das denn schon wieder heißen?«, giftete die Frau.

»Darf ich vorstellen, Herr Rubin: Das ist Dr. Charlotte Hagel, ihres Zeichens Philosophin. Auch sie arbeitet an unserem Glücksthema. Allerdings mit anderen Ansätzen.«

Die Frau mit dem ovalen Gesicht ballte die Fäuste. »Deine Sticheleien kannst du dir ruhig sparen.« Und mit demselben Ausdruck unterdrückter Wut wandte sie sich Rubin zu und blaffte: »Ja, gut, ich bekenne mich schuldig. Ich bin Raucherin! Und jetzt?«

Rubin nickte und sagte freundlich: »Ich bitte Sie, das auf Ihrem Blatt zu vermerken.«

Sie kritzelte voller Entrüstung etwas auf ihr Papier.

Rubin hatte noch eine weitere Frage, doch er stellte sie nicht: ob sich die Vermisste in irgendeiner Weise verdächtig verhalten hatte. Er stellte diese Art von Fragen schon lange nicht mehr. Sie gehörte zu den sinnlosesten Erkundigungen einer Ermittlung, da die meisten Menschen, sobald sie Teil einer polizeilichen Untersuchung waren, sich verpflichtet fühlten, alles und jedes verdächtig zu finden.

Erst jetzt, nachdem er seine Fragen gestellt hatte, sprach Rubin von dem durchwühlten Hotelzimmer. Den meisten wurde vermutlich erst dadurch die Tragweite der Situation klar, nachdem Dr. von Rehheim sie mit seinen Positivitätsparolen systematisch heruntergespielt hatte. Hätten die Teilnehmer andere Antworten gegeben, wenn sie diese Information früher gehabt hätten? Mit Sicherheit. Doch es war fraglich, ob ihre Aussagen dann brauchbarer gewesen wären.

Schließlich wollte Rubin noch Fotos der Teilnehmer machen, um die gesammelten Aussagen besser zuordnen zu können.

Bernstein zückte sein Smartphone und rief: »Eine gute Gelegenheit, ich wollte ohnedies über das Seminar und den erlauchten Kreis der Teilnehmer einen Artikel verfassen, mit allem, was dazugehört: schicken Hochglanzbildern, O-Ton-Zitaten und ungeheuer viel Tamtam.«

Und schon im nächsten Augenblick legte er los. Er positionierte sich vor dem ersten Teilnehmer vorne links und knipste. Der Mann lächelte säuerlich und wusste offenbar nicht, was er von der Aktion halten sollte.

Bernstein machte der Reihe nach weiter.

Gequältes Grinsen – klick.

Verführerisches Lächeln – klick.

Strenge im Blick – klick.

Bis zu Iris Adler. Sie lächelte nicht, sondern streckte Bernstein die Zunge heraus – klick!

»Danke, mein Engel. Ein Foto fürs himmlische Familienalbum«, rief Bernstein.

Birgit Schirner lächelte milde, mit einer leisen Traurigkeit – klick.

Sybille Meyer, die Psychologin, vermied jeden Gesichtsausdruck und tat so, als sähe sie den Fotografen nicht, aber in letzter Sekunde drehte sie den Kopf in Richtung Dr. von Rehheim – klick.

Pharmareferent Kai Unger strahlte höchst professionell in die Kamera, wie für ein Anzeigenfoto – auch hier: klick.

Schließlich kam der Glücksmediziner selbst an die Reihe. Er posierte mit einstudiertem Lächeln vor Bernsteins Linse wie ein Schauspieler im Blitzlichtgewitter des roten Teppichs. Bernstein schoss ein Foto nach dem anderen. Unter dem Beifall der Teilnehmer probierte Dr. von Rehheim Pose um Pose und verneigte sich befriedigt unter tosendem Schlussapplaus.

Rubin blieb nur noch ein Letztes: Er verkündete, dass die Teilnehmer bis auf Weiteres die Stadt nicht verlassen durften.

Die Reaktionen reichten von Erstaunen bis Entsetzen. Zum ersten Mal meldete sich Igor, der Russe, zu Wort, der die ganze Zeit stumm in der Ecke verharrt hatte. Er sagte: »Hatte ich sowieso nicht Plan, Stadt zu lassen!«

Birgit Schirner grinste.

Dr. Charlotte Hagel rief: »Das geht nicht. Das ist Freiheitsberaubung, das dürfen Sie nicht! Und wenn das Ganze bis morgen dauert? Ich habe Termine.«

»Die haben wir alle«, ergänzte Kai Unger. »Aber wir sollten den Hauptkommissar und seinen witzigen Assistenten in Ruhe ihre Arbeit machen lassen.«

Dr. von Rehheim stimmte Kai Unger zu und sagte: »Unsere positive Energie ist bei Beatrice. Alles wird gut.«

Viele Teilnehmer klopften zustimmend auf die Tische, und einige wiederholten die letzten Worte des Glückspredigers – feierlich wie ein Gelöbnis.

9

Noch immer erstrahlte der Himmel über dem Marktplatz von Bad Löwenau, noch immer trübte kein Grau einer Wolke den Glanz. Bloß war jetzt ein böiger Wind von Osten her aufgekommen. Die ersten Blätter trieben über das Kopfsteinpflaster. Doch die ersten Boten des Herbstes bekümmerten niemanden an diesem Mittag. Jeder war sommerlich gekleidet und trug nur das Nötigste, Frauen wie Männer, Kinder wie Senioren. Viel freie Haut war zu sehen, an Beinen, Armen, im Bauchbereich, im Dekolleté. Um ehrlich zu sein, war der Anblick der gebräunten sommerlichen Freizügigkeit nicht in jedem Fall ein Genuss.

Rubin und Bernstein saßen auf der Rundbank unter der Zierlinde. Freitag hatte sich mit einer Dackelhündin angelegt und sich durch schiere Lautstärke zum Sieg gebellt. Rubin hatte viel Überredungskunst und fünf Leckerli gebraucht, um ihn zu besänftigen.

»Jetzt aber mal raus damit, Bernstein. Was weißt du über die vermisste Journalistin, das ich noch nicht weiß?«, fragte er, nachdem Freitag versorgt war.

»Ich habe da kürzlich bei meiner verehrten Kollegin Ayse etwas aufgeschnappt. Beatrice hatte bei ihr wegen einer Recherche angefragt.«

»Worum ging es?«

»Darüber hüllt sich Ayse leider in journalistisches Schweigen. Ich kenne kein einziges der schmutzigen Details. Schade.« Bernstein wählte Ayses Nummer auf seinem Handy. Keine Reaktion.

»Sie hat sich, scheint es, den Sonntagmittag freigenommen. Ein Skandal für eine ernsthafte Journalistin mit Ambitionen.«

»Was für eine Art Journalistin ist Beatrice Hofmann?«, fragte Rubin.

Bernstein zückte sein Smartphone und zeigte dem Freund Fotos von Beatrice Hofmann, die er vorhin, als Rubin seine Befragung durchgeführt hatte, im Internet recherchiert hatte. Eines zeigte eine schlanke Frau im Abendkleid mit schwarzen schulterlangen Haaren, offenbar auf einem Empfang in der Gesellschaft von Männern mit runden Gesichtern und schlecht sitzenden Anzügen.

Auf einem anderen Foto in schlechterer Qualität trug Beatrice eine Wollmütze und hielt ein Mikro mit flauschigem Windschutz in der Hand. Im Hintergrund war der Moskauer Kreml zu sehen. Auf dieser Aufnahme wirkte ihr Gesicht so jung wie das eines Mädchens.

Ein drittes Bild zeigte sie im Laufschritt vor einem Schloss, sie lachte, doch das Lachen erreichte ihre Augen nicht, die seltsam kühl und beinahe traurig wirkten.

»Eindeutig eine faszinierende Frau«, sagte Bernstein.

»Eine Frau, aus der ich noch nicht schlau werde«, ergänzte Rubin.

Sie wandten sich dem Notizbuch zu, das Rubin aus der Tasche gezogen hatte. Es besaß einen schwarzen Einband und kariertes Papier. Auf der ersten Seite waren Name, Adresse und eine Telefonnummer aus der Großen Stadt verzeichnet. Außerdem ein Datum: *9.8.1974*. Darunter stand:

Lieber Finder, falls dieses Buch in Ihre Hände fällt, bitte schicken Sie es an diese Adresse oder rufen Sie an. Vielen Dank!

Bernstein schaltete sein Diktiergerät an und sprach von nun an alle Eintragungen in das Mikrofon. Rubin wählte die angegebene Nummer in der Großen Stadt. Es meldete sich niemand, auch kein Anrufbeantworter.

»Das war nicht anders zu erwarten«, sagte Bernstein.

Sie blätterten das schmale Büchlein durch. Die Notizen

waren allesamt knapp und teilweise schwer leserlich, außerdem waren sie mit unterschiedlichen Stiften gekritzelt worden. Es gab eine Sammlung möglicher Überschriften für Artikel, die sich anscheinend allesamt um die Themen Glück, Glücksmedizin und Wellness drehten.

Der Wellnesswahn (Opium fürs Volk)
Glück um jeden Preis
Das Geschäft mit dem Glück
Glücklichsein und Maulhalten
Der Kasper des Glücksversprechens

Daneben fanden sich knappe Anmerkungen zu Interviews, die Beatrice Hofmann offenbar geführt hatte.

Prof. Dr. Mannthal, Klinikleiter u. Organisator v. Wellnesswochen i. Hotelkette – Min. 7,33 u. 30,15!!!

Bernstein schnippte mit den Fingern. »Da haben wir es: der Beweis, dass Beatrice bevorzugt mit Diktiergerät arbeitet. Das sind Zeitangaben der Mitschnitte.«

»Die Eintragungen des Notizbuches dienen lediglich als Gedankenstützen. Sie hat ihre Artikel in Dateien gespeichert«, führte Rubin den Gedanken fort.

»Und die sind auf dem Computer, den wir nicht haben. Aber wenn mich nicht alles täuscht, wird sie Kopien auf dem Server ihrer Zeitung liegen haben. Ich handhabe das nicht anders. Das interne Netz des Bad Löwenauer Anzeigers beherbergt viele kleine Bernsteins. Wenn ich es auch bevorzuge, die wirklich heißen Geschichten an geheimer Stelle zu konservieren.« Bernstein grinste über beide Ohren.

Rubin dachte schon einen Schritt weiter: »Es wäre eine große Hilfe zu wissen, woran sie in letzter Zeit konkret gearbeitet hat. Glück, das ist ein weites Feld.«

»Ich werde sehen, was ich tun kann.«

Sie blätterten weiter. Offenkundig war Beatrice Hofmann auch ein Fan von Tom Smart, dem Lieblingsphilosophen Bernsteins und Rubins. Einen Spruch aus seinem Buch »Das Leben ist zu wichtig, um ernst genommen zu werden« hatte sie in ihrem Notizbuch festgehalten:

Alle Welt sucht das Glück und glaubt, die Suche sei das Schwierigste. Doch das Finden kann verzwickter sein – und ernüchternder. Manch langes Glück verliert schon allein durch seine Dauer.

Offenbar fühlte sich Beatrice Hofmann gesundheitlich unwohl. In Abständen von wenigen Tagen fanden sich verstreute Anmerkungen zu ihrer körperlichen Befindlichkeit:

Heute wieder Beschwerden. Schrecklicher Kopfschmerz bis zur Raserei. Viel schlimmer als letzte Woche.

Schlaff den ganzen Tag. Temperatursturz? Übelkeit, aber kein Erbrechen.

Sehe schlecht. Schwindel, aber nicht vom Nacken her. Auch eine Nebenwirkung? – Besser recherchieren!

Das Notizbuch enthielt kein Adressenverzeichnis, doch es gab einzelne Telefonnummern, teilweise durchgestrichen, teilweise unleserlich. Gut zu entziffern war: *Neue Nr. Markus.* Es folgte eine Nummer aus der Großen Stadt.

Ein Begriff tauchte immer wieder auf: vita beata activa. Und dazu:

Große Kampagne? Werbebudget. Der große Wellness-schwindel. Gutachten A. u. D. recherchieren. Gutachten v.

Laotse Inc. widerlegt!!!
Inhaber v. vita beata activa: Heiko Nuhn.
Teilhaber u. Referent: Kai Unger.
Jetzt doch gesprächsbereit!
To-do: Gutachten C überprüfen.
Nebenwirkungen medizinisch (und dann folgte ein unleserliches Wort, entweder »überprüfen« oder »überführen«).

Kurz dahinter tauchte der Name von Dr. von Rehheim auf, und daneben stand:

Was will ich?

Außerdem war zu lesen:

TV 4 Bad Löwenau, Glücksritter u. »Weg vom Pfuscher zum Halbgott in Weiß«

»Bei allen Quacksalbern und Pillendrehern! Die Herren Unger und von Rehheim scheinen die gute Beatrice schon länger zu kennen.«

»Zumindest kennt Beatrice die beiden.«

»Hier steht ›gesprächsbereit‹ bei Kai Unger. Ich vermute, sie startete eine Anfrage, die zunächst abgelehnt und der dann doch entsprochen wurde.«

»Vielleicht gab es eine Verabredung?«

»Ja, genau«, rief Bernstein, klatschte in die Hände und sprang auf. »Und hier bei uns in Bad Löwenau war das geheime Treffen. Der Showdown der Giganten. Scharfe Feder trifft Glückspille. Beatrice, die engagierte Journalistin, stellt den schnöden Pharmareferenten zur Rede. Oder war doch von Rehheim gemeint?«

Rubin schüttelte den Kopf.

»Wir wissen noch viel zu wenig, Bernstein. Aber hier ist

vielleicht ein Hinweis.« Er deutete auf das Notizbuch. Die letzten Eintragungen lauteten:

Bad Löwenau an: 16:25
Mama u. Papa 18:00 Kurklinik, Zimmer 207
Wein f. Papa / Pralinen
Grüße v. Michi, Geld schon überwiesen?
Bad Löwenau ab: Sonntag 19:03, Gleis 1.

Und doppelt umrandet die Worte:

Fr. Menschedde = dumme Zicke!!!

»Das erklärt zumindest, warum sie bereits am Donnerstag angereist ist«, sagte Rubin.

»Sie hat ihre Eltern in der Kurklinik besucht. Das ist es! Danach hat sie zur Tiefenentspannung ein Glücksseminar angehängt.«

»Und jetzt, so scheint es, hat sie sich in nichts aufgelöst.«

10

Rubin war noch nie in der Kurklinik gewesen. Es hatte sich seit seiner Rückkehr aus der Großen Stadt einfach noch nicht ergeben. Er erinnerte sich, dass die Kurklinik, in der heute neben dem allgemeinen Klinikbetrieb auch Facharztpraxen und Seniorenresidenzen untergebracht waren, früher ein normales städtisches Krankenhaus gewesen war. Man hatte ihn hier am Blinddarm operiert, als er dreizehn Jahre alt war.

Das Gelände der Kurklinik war riesig und befand sich im Süden von Bad Löwenau. Alle Gebäude waren weiß oder hellbraun gestrichen. Die Fenster, Dachrinnen und Sockel waren in modernem Design gehalten. Weit und breit gab es keine Nostalgiebauten, keine Fachwerkhäuser, stattdessen zahlreiche Grünflächen, auf denen Buchen, Birken und Ahorn standen, mit schweren Parkbänken aus schwarzem Schmiedeeisen.

Rubin betrat mit Freitag den Haupteingang zur Seniorenresidenz, der nicht viel anders aussah als der Eingang zum Hotel am Marktplatz. Bloß roch es anders.

Die Dame an der Rezeption, die einen weißen Kittel trug und nur das Nötigste sprach, nannte Rubin die Zimmernummer und gab eine knappe Wegbeschreibung. Als Rubin mit Freitag den Lift betrat, stieg ihm der Geruch von abgestandener Erbsensuppe in die Nase, der sich mit Desinfektionsspray vermischte. Rubin fuhr nach oben, stieg aus dem Aufzug und lief den Flur entlang, dessen Teppichboden genauso aussah wie der im Hotel.

Es war gerade Essenszeit. Rubin klopfte an die Tür, und eine schrille Stimme rief: »Herein!«

Das Ehepaar Hofmann, beide weit über achtzig Jahre alt, saß in einem karg eingerichteten Zimmer an einem schmalen Tisch und war im Begriff, das Mittagsmahl einzunehmen.

Herr Hofmann war hager und hoch aufgeschossen, mit langen knochigen Fingern. Seine Frau war tadellos gekleidet und hatte blond gefärbtes, am Haaransatz nachgegrautes dünnes Haar. Sie war stark geschminkt und hatte ein Parfum mit einer süßlichen Note aufgelegt. Ihre Hände zitterten und waren mit Altersflecken übersät.

Wie Rubin schon bald darauf erfuhr, hatten sich die Hofmanns Bad Löwenau als Altersruhesitz ausgesucht, weil sie die Stadt in den letzten aktiven Lebensjahrzehnten regelmäßig als Touristen besucht hatten. Herr Hofmann war Beamter in der Verwaltung der Großen Stadt gewesen. Frau Hofmann hatte eine Modeboutique besessen.

Die Frau mit der schrillen Stimme, die Pflegerin, Frau Menschedde, hatte gerade das Essen auf Plastiktabletts serviert: Kartoffelpüree, Erbsen und Möhren und eine vorgeschnittene Bratwurst ohne Senf. Rubin staunte nicht schlecht, als er daneben zwei mintgrüne und rosa Schachteln mit den Glückspillen »light & free« liegen sah.

Freitag stand sofort im Mittelpunkt. Die Hofmanns streichelten ihn und meinten, er erinnerte sie an ihren verstorbenen Hund, einen Weimaraner. Frau Menschedde war mit Freitags Anwesenheit allerdings nicht einverstanden und protestierte, dass Tiere nicht erlaubt seien – doch die Senioren bestanden auf seine Anwesenheit.

»Also gut«, gab Frau Menschedde nach, »aber bitte fassen Sie sich nach Möglichkeit kurz, Herr Hauptkommissar, weil die Patienten nach dem Essen ihre Ruhe brauchen. Wir wollen uns doch an den geregelten Ablauf halten, nicht wahr?«

Rubin wunderte sich: Patienten? Ihnen fehlte doch nichts, außer, dass sie alt waren. Die Pflegerin sprach außerdem die ganze Zeit in einem bevormundenden »Wir«. Rubin erinnerte sich an die Notiz in Beatrice Hofmanns Kladde: *Fr. Menschedde = blöde Zicke*. Sie hat nicht ganz unrecht, dachte er.

»Bevor Sie mich mit den Herrschaften allein lassen, habe ich noch eine Frage.« Er zeigte auf die Glückspillen. »Wozu sind die gut? Ich habe sie heute schon einmal gesehen.«

Die Pflegerin nahm die Schachtel in die Hand und las die Beschreibung. »Ein Vitaminpräparat oder so ähnlich. Irgendwas Neues zur Steigerung des allgemeinen Wohlbefindens. Kenne ich auch noch nicht.«

»Verabreichen Sie das Medikament schon länger?«

»Nein, soweit ich weiß, noch nicht lange.«

»Wie lange?«

»Gott, Sie stellen Fragen! Was weiß ich ... eine Woche vielleicht?«

»Gut, ich danke Ihnen. Sie können jetzt gehen. Ich werde Sie rufen, sobald wir fertig sind.«

Nachdem die Pflegerin den Raum verlassen hatte, fragte Frau Hofmann: »Ist etwas mit den Pillen, Herr Hauptkommissar? Wir haben heute schon davon genommen.«

Rubin schüttelte den Kopf.

»Ach, das ist gut«, seufzte sie erleichtert, doch im nächsten Augenblick hakte sie mit Besorgnis in der Stimme nach: »Ja, wenn es nicht das ist, warum ist die Polizei dann hier? Haben wir uns etwas zuschulden kommen lassen?«

»Nein«, beruhigte sie Rubin. »Ich bin wegen Ihrer Tochter Beatrice da.«

»Bea? Ja, hat sie vielleicht etwas mit den Pillen zu tun?«

»Nein«, sagte Rubin, »Beatrice wird ... sie wird vermisst.«

»Vermisst? Hier in Bad Löwenau? Ja, ist sie denn noch immer in der Stadt?«

»Eben das will ich herausfinden«

»Uns hat sie gesagt«, sagte Frau Hofmann mit leicht tadelndem Ton, »sie sei auf der Durchreise und hätte nur mal eben bei ihren alten Eltern einen Zwischenstopp eingelegt. Sie war auf dem Weg zurück in die Große Stadt.«

»Nein, nein«, warf Herr Hofmann ein. »Das hast du falsch

verstanden. Sie wollte zuerst noch einen Freund besuchen, ich glaube, es war in –«

»Völliger Unsinn!«, unterbrach ihn seine Frau. »Du kannst dir einfach nichts merken. Bea wollte am nächsten Morgen zurück in die Große Stadt, weil sie zu arbeiten hat. Sie hat nämlich eine neue Artikelreihe angefangen.«

»Nein«, entgegnete Herr Hofmann trotzig. »Sie hat *keine* neue Artikelserie angefangen, sondern arbeitet schon seit einigen Monaten an einer alten und ist bald fertig damit.«

»Das ist doch dasselbe!«

»Dasselbe?« Herr Hofmann brach in ein verächtliches Lachen aus. »Du hast vielleicht Vorstellungen.«

Rubin versuchte etwas einzuwerfen, aber die Hofmanns gaben ihm keine Gelegenheit.

»Du meinst doch die Artikel über *Wetness*?«, fragte Frau Hofmann herausfordernd ihren Mann.

»Das heißt Wellness, das verwechselst du immer.«

»Das ist überhaupt nicht wahr, und tu nicht so, als ob du Englisch könntest! Jedenfalls war es schön, dass unsere Bea uns wieder einmal besucht hat. Sie kommt nämlich so selten. Unsere beiden Jungs Michi und Ben besuchen uns häufiger. Mit den Enkelkindern und ihren Frauen und –«

Wieder fiel ihr Mann, den Zeigefinger voraus, ihr ins Wort. »So selten kommt sie auch nicht. Sie war doch erst im März zu deinem Geburtstag da.«

»Nein, da irrst du dich aber gründlich. Sie war an *deinem* Geburtstag da, und zwar im Februar.«

Herr Hofmann räusperte sich und rieb sich die Nase. »Du brauchst mich nicht daran zu erinnern, wann ich Geburtstag habe. Das weiß ich schon noch selber. Trotzdem hast du unrecht: Beatrice war an *deinem* und nicht an meinem Geburtstag da.«

»So? Und erinnerst du dich, was sie dir zum Geburtstag geschenkt hat?«

Herr Hofmann musste überlegen, und Rubin sah, dass das Überlegen ihn anstrengte und zutiefst kränkte.

»Nein«, antwortete er schließlich zähneknirschend.

Die beiden Herrschaften nahmen während des Gesprächs keinen Bissen zu sich. Rubins Magen rumorte. Das Nächste, was er tun würde, war, etwas zu essen. Am besten bei Ricardo. Doch zuerst wollte er Antworten.

»Beatrice hat an diesem Wochenende an einem Seminar hier in Bad Löwenau teilgenommen. Hat sie gar nichts davon erzählt?«, fragte er.

Herr Hofmann schüttelte den Kopf. »Was denn für ein Seminar?«

»Gute Frage«, antwortete Rubin und fügte hinzu: »Ein Seminar über das Thema Glück.«

»Ha, eines von diesen Glückssucherseminaren, oder wie heißt das heute? *Workjob?*«

»Workshop«, korrigierte Frau Hofmann triumphierend.

»Also gut, Workshop, dieses Zeug, in dem einer für viel Geld erzählt, was wir alle selber wissen.«

»Das passt doch genau zu ihrem neuen Thema: Wellness«, warf Frau Hofmann ein. »Glück und Entspannung und dieser ganze Kram. Darüber hat Bea doch die Artikelserie geplant.«

»Aber doch nicht darüber, wie man glücklich wird«, entgegnete ihr Mann genervt. »Beatrice schreibt über diesen ganzen Wellnesswahn und die Machenschaften der Hotelbetreiber, die eine schnelle Mark machen wollen, und die faulen Ärzte –«

»Einen schnellen Euro, meinst du wohl, nicht eine schnelle Mark«, warf Frau Hofmann ein.

»Habe ich Mark gesagt?«

»Wir haben es alle gehört.«

»Nein, niemals, Herr Hauptkommissar, sagen Sie selbst …«

Doch Rubin sagte nichts und zuckte nur die Schultern. Statt zu antworten, fragte er: »Hat Beatrice kein Wort darüber verloren, dass sie die Absicht hatte, länger in Bad Löwenau zu bleiben?«

»Nein, Herr Hauptkommissar, wie gesagt, Bea wollte sofort weiter in die Große Stadt«, sagte Frau Hofmann selbstsicher.

Ihr Mann schwieg mit zusammengepressten Lippen und starrte auf seinen Teller mit den blassen Erbsen.

»Hat Ihre Tochter eine Geldüberweisung von Ihnen erwartet?«

Das Ehepaar sah sich ungläubig an. »Wie kommen Sie darauf, Herr Hauptkommissar?«

»Ach, nur so.«

»Sagen Sie, was ist denn jetzt mit unserer Bea?«, fragte Frau Hofmann ungeduldig. »Warum suchen Sie sie?«

Rubin musste überlegen. Was konnte er der Frau über ihre verschwundene Tochter sagen? Er wollte nur ungern von dem verwüsteten Hotelzimmer erzählen und das alte Ehepaar mit einem grausamen Verdacht belasten. Auch wenn es vielleicht ein Fehler war. Er beschloss, weiterhin das Hotelzimmer zu verschweigen, und sagte: »Es ist reine Routine, Frau Hofmann. Es ist nur so, dass Beatrice heute Morgen nicht zum Seminar erschienen ist.«

»Pah!«, rief ihr Vater. »Da kommt sie ganz nach ihrer Mutter. Sie hat eben ihren eigenen Kopf. Wahrscheinlich hatte sie keine Lust mehr auf das Blabla und ist einfach auf und davon.«

»Was soll das denn schon wieder heißen? Als ob ich Reißaus nehmen würde. Das ist ja wohl die Höhe!«

Es ging schon wieder los, sie gifteten einander unentwegt an. Sogar Freitag wurde unruhig und legte die Ohren an.

»Du musst mir beipflichten«, sagte Herr Hofmann schließlich zu seiner Frau, »Bea ist schon einmal ausgebüxt, einfach untergetaucht.« Und zu Rubin gewandt fügte er mit verschwörerischer Stimme hinzu: »Keiner wusste, wo sie war. Noch nicht einmal ihr Mann.«

»Exmann«, korrigierte Frau Hofmann.

»Ja, ja, du hast ja recht. Einmal nämlich, als Bea in Ruhe für einen Artikel recherchieren wollte, ist sie einfach für einen Monat ans Meer gefahren. Niemandem hat sie Bescheid gesagt. Nur die Redaktion wusste davon. Darüber hat sie sogar den Geburtstag ihres Bruders Benedikt vergessen.«

»Nein, sie hat ihn nicht vergessen, sie hat Ben bloß nicht anrufen können, weil sonst ihre Tarnung aufgeflogen wäre. Das ist was ganz anderes, das hast du nicht verstanden«, meckerte Frau Hofmann und warf einen entrüsteten Blick auf das Hemd ihres Mannes. »Sieh mal, da klebt dir schon wieder Soße auf dem Ärmel.«

Wie Rubin das alte Ehepaar so streiten sah, musste er an sich selbst und seine Frau denken. Hoffentlich würden sie nie so werden. Andererseits spürte er, dass die beiden sich nahestanden, sehr sogar. Er glaubte zu sehen, dass sie ein gutes Leben miteinander verbracht hatten. Trotz der Streitigkeiten und der Besserwisserei, was zusammengenommen nichts anderes als ein Machtspiel war, bei dem es schon längst keinen Gewinner und keinen Verlierer mehr gab.

»Sie sind sich also sicher, Beatrice hat nichts von einem geplanten Seminarbesuch erzählt?«

»Ganz sicher, Herr Hauptkommissar. Worum ging es noch mal gleich in diesem Seminar?«

»Es geht darum, wie man glücklich wird«, wiederholte Rubin geduldig.

»Ach ja, genau. So mit Wellnessdampf und heißen Steinen und Kräutertees«, sagte Herr Hofmann.

»Nicht ganz, aber gewissermaßen ähnlich«, sagte Rubin. »Ich glaube, dass sich der Leiter, Dr. von Rehheim, so manches einfallen lässt, um die Teilnehmer bei der Stange zu halten.«

»Was, wie sagen Sie, ist der Name des Seminarleiters?« Frau Hofmann wurde hellhörig.

»Dr. von Rehheim.«

Frau Hofmann atmete schwer. »Hatte der früher eine Praxis in der Großen Stadt?«

»Ja«, bestätigte Rubin. »Er ist vor ein paar Jahren nach Bad Löwenau gekommen und ist jetzt im Begriff, eine Karriere als Glücksmediziner zu machen. Er hat seine Praxis hier irgendwo in der Kurklinik.«

»Mensch, das gibt es doch nicht. Das ist er!«, rief Frau Hofmann bestürzt.

»Du meinst, der Pfuscher, der Beatrice damals behandelt hat?«, fragte ihr Mann mit dünner Stimme.

»Ich bin mir vollkommen sicher. Dr. von Rehheim. Den Namen werde ich nie vergessen.«

»Wieso?«, fragte Rubin.

Frau Hofmann rückte vorsichtig auf dem Stuhl nach vorne. »Unsere Beatrice hatte vor einigen Jahren Probleme mit Magengeschwüren. Ihr Job ist einfach zu stressig. Sie war in Behandlung bei einem jungen Arzt, Dr. von Rehheim. Sie hatte Vertrauen zu ihm und wollte ihm eine Chance geben. Zumal er unkonventionelle Behandlungsmethoden vertrat, und das kommt bei Beatrice immer gut an. Zu Beginn der Behandlung ging es ihr besser, dann allerdings verschlechterte sich ihr Zustand, sie wurde immer schwächer, und die Beschwerden nahmen zu. Eine Operation war irgendwann nicht mehr zu vermeiden. Doch von Rehheim lehnte ab und bestand auf seiner Methode. Schließlich verlor Beatrice das Bewusstsein, wir mussten den Notarzt rufen, denn sie wohnte damals nach ihrer Scheidung bei uns im Haus. Wenn die Notoperation nicht gewesen wäre, sie wäre an seiner falschen Behandlung gestorben. Nachher hat von Rehheim alle Verantwortung von sich gewiesen.«

»Da fällt mir ein«, erinnerte sich Herr Hofmann, »Beatrice hat am Donnerstag auch wieder einen sehr kränklichen Eindruck gemacht.«

»Was fehlte ihr denn?«, fragte Rubin.

»Sie hat über Kopfschmerzen und Übelkeit geklagt. Es war fast so wie damals«, murmelte Herr Hofmann und blickte gleichzeitig in die trüben Augen seiner Frau, da er wohl erwartete, dass sie ihm gleich wieder ins Wort fallen würde.

Doch diesmal entgegnete die Gemahlin nichts.

11

Aus der Tasche von Bernsteins Leinenanzug erklang das dunkle Gitarrenriff von AC/DCs »Hell's Bells«. Sein Zeichen für eine eingehende SMS:

Hast du fünf Minuten? Gleich bei mir in der Apotheke? Iris.

Kurze Zeit später stand Bernstein Iris Adler gegenüber und sagte: »Du überraschst mich. Ich vermutete dich noch immer im Seminar, befleißigt, die lachenden Geheimnisse des Glückes zu lüften.«

»Wir haben gerade Mittagspause. Die anderen sind geschlossen zum Festmahl bei Ricardo aufgebrochen. Es gibt wieder wie bestellt Glückssalat.«

»Wäre das nicht genau das Richtige für dich?«

»Danke, ich hatte ihn gestern schon. Allzu viel ist auch nicht gesund. Und jetzt folge mir!«

Sie führte ihn zielstrebig zunächst durch den Verkaufsraum, dann vorbei am Aufenthaltsraum von Bianca Reich, der jungen Mitarbeiterin, die sich dort mit persönlichen Dingen eingerichtet hatte. Das Zimmer war voller Bücher und Fachzeitschriften.

»Wie hat die zarte Seele den Schicksalsschlag um ihren Freund Serkan überstanden?«, erkundigte sich Bernstein.

»Sie hat sich in ihre Studien zur Homöopathie gestürzt und in den Kopf gesetzt, Menschen mit einem ähnlichen Herzleiden wie Serkan zu helfen.«

Bernstein hatte schon eine Bemerkung auf der Zunge, doch Iris Adler presste blitzschnell ihren Finger auf Bernsteins Lippen und führte ihn energisch weiter in einen abgedunkelten kühlen Raum mit einem überfüllten Tisch, einem Stuhl und Regalen mit Gläsern, Flaschen und anderen Behältern an allen vier Wänden. Ein seltsamer Duft hing in der Luft, es roch bitter, aber auch nach Heu, Salmiak und ätherischen Essenzen.

Als die Apothekerin das Licht einschaltete, sprang eine dicke schwarze Katze vom Tisch und verschwand fauchend nach links in den Flur.

Der Raum war Iris Adlers »Hexenküche«. So nannte sie ihn selbst. Hier mixte sie Tees, Salben und Tinkturen nach alten oder eigenen Rezepten. Auf dem Tisch befanden sich neben Schalen mit Kräutern und Pulvern in Weiß, Grün und Braun auch ein riesiges Mikroskop und ein Bunsenbrenner.

»Bei Asklepios und Hippokrates!«, rief Bernstein. »Ich war noch nie in deinem Heiligtum, Iris.«

»Darauf kannst du dir einiges einbilden. Ich gestatte nicht jedem Zutritt.«

»Ich fühle mich geehrt und gelobe Stillschweigen.«

»Worüber?«

»Über das, was ich so alles sehe.«

»Das, was du siehst, ist vielleicht nicht das, was es ist.«

»Trotzdem: Der Gentleman genießt und schweigt.«

»Oh, wie sehne ich mich diesem Tag entgegen.«

»Wie, dem großen Tag des maßlosen Genusses?«

»Nein, Dummkopf, dem Tag, an dem Carl Bernstein einmal vierundzwanzig Stunden lang die Klappe hält.«

Bernstein schnalzte mit der Zunge.

»Nun aber zu dem, weshalb ich dich zu mir gebeten habe.« Iris Adler berichtete, Kai Unger, der Pharmareferent, habe ihr am Tag zuvor während einer Seminarpause seine »light & free«-Wellnesspillen zu Sonderkonditionen angeboten. »Sie sollen gut zur Entspannung sein. Einfach schlucken und die Seele baumeln lassen, behauptete er.«

»Die Formulierung habe ich heute schon einmal gehört«, wandte Bernstein ein. »Wiewohl mir die Worte nicht einleuchten. An welchem Galgen baumelt die Seele?«

Iris Adler lächelte. »Wie auch immer, Kai hat sich sehr

bemüht, mir seine Pillen schmackhaft zu machen. Er hat etwas Sympathisches an sich und ist ein rühriger Vertreter des Unternehmens vita beata activa.«

Bernstein horchte auf und erinnerte sich an die Eintragung in Beatrice Hofmanns Notizbuch.

»Und er hört aufmerksam zu, wenn man spricht, und seine blauen Augen blicken treu und gut«, fuhr Iris listig fort, um Bernstein herauszufordern. Die Worte verfehlten ihre Wirkung nicht. »Obwohl ich eigentlich von diesen überteuerten Wellnessprodukten nicht viel halte.«

»Trotzdem verkaufst du sie in deiner Apotheke.«

»Warum nicht? Ich verkaufe ja auch Hustenbonbons. Sie wirken nicht besser oder schlechter als jedes Placebo. Solange der Kunde daran glaubt, wirken sie auch. Meist handelt es sich um harmlose Substanzen, ein bisschen Traubenzucker, fast immer ein paar Vitamine, Spurenelemente und so weiter. Fertig ist der ganze Zauber.«

»Und was ist so besonders an diesen Pillen, dass du mich deswegen sprechen willst?«, fragte Bernstein.

»Dieselbe Frage habe ich Kai auch gestellt. Und ich habe auch pro forma nachgefragt, ob ›light & free‹ bereits eine offizielle Zulassung zum europäischen Medikamentenmarkt hat. Er gab mir eine übertrieben ausführliche Antwort. Das machte mich stutzig. Ich sagte, ich sei nicht weiter beunruhigt, doch es würde mir schon helfen, eine Studie zu sehen. Er nannte mir eine Reihe von Instituten, die Langzeitstudien vorgenommen hätten und deren Expertisen er vorlegen könnte. Darunter war auch eine Studie der Firma Laotse Inc.«

Wieder kam Bernstein eine Eintragung aus dem Notizbuch in Erinnerung. »Laotse? Wie der chinesische Philosoph?«

»Ja, genau so. Und genauso rätselhaft wie die Schriften des chinesischen Philosophen sind auch die besagten Gutachten. Das Institut Laotse Inc., das ausschließlich aus privaten Mitteln finanziert wird, hat vor Kurzem Konkurs anmelden müssen, weil es in mehreren Fällen verklagt und zu hohen Geldstrafen verurteilt wurde. Das weiß jeder, der mit Medikamenten handelt. Laotse Inc. hat systematisch geschönte oder sogar komplett gefälschte Studien veröffentlicht. Zum Nutzen der Auftraggeber selbstverständlich.«

»Ich beginne zu begreifen«, sagte Bernstein.

»So ist meine Neugierde geweckt worden. Deshalb habe ich den gestrigen Samstagabend in meiner Hexenküche zugebracht, um eine Analyse der Pillen vorzunehmen. Tatsächlich: fast ausschließlich Vitamine und Spurenelemente.«

»Nichts Besonderes, wie mir scheint.«

»So weit, so gut. Allerdings ist eins sehr auffällig: Das Verhältnis von Wirkstoff zu Trägerstoff ist mehr als ungewöhnlich. Nahezu die komplette Pille besteht aus Trägerstoff«, sagte Iris Adler.

»Trägerstoff, was ist das?«

»Das sind unterschiedliche Substanzen, die keinem anderen Zweck dienen, als das Medikament konsumierbar zu machen. Der eigentliche Wirkstoff von ›light & free‹ ist so gering an Masse, dass man ihn für sich genommen praktisch nicht einnehmen könnte.«

»Und was ist so besonders an einem hohen Anteil des Trägerstoffes – außer, dass es ein Indiz für den fehlenden Wirkstoff ist?«, fragte Bernstein nach.

»Im Trägerstoff können sich Giftstoffe verbergen, die durch unsaubere Produktion in die Medikamente gelangen. Es gibt nicht wenige Fälle, in denen sie stärkere Nebenwirkungen hervorrufen als der eigentliche Wirkstoff.«

»Hast du da etwas gefunden?«

»Das ist nicht so einfach.«

»Ich wäre dir sehr verbunden, meine liebe zauberkundige Iris, wenn du deine Künste diesem Winzling von einer Pille weiterhin angedeihen lassen könntest.«

Iris Adler strich sanft über den Kopf des Mikroskops. »Das werde ich, mein Lieber. Doch was springt für mich dabei heraus?«

»Nun, ich könnte dich im Gegenzug zu einem Abendessen einladen, mit einem Himmel voll köstlicher Wirk- ohne überflüssige Trägerstoffe, die langfristig doch nur die Hüften verunzieren. Ich entzünde einen Kandelaber Kerzen für dich und serviere die pikantesten Delikatessen unter dem funkelnden Sternenhimmel von Bad Löwenau. Wie sieht es aus? Darf ich heute Abend gegen zwanzig Uhr zart an deiner Tür klopfen?«

Iris Adler schüttelte den Kopf. »Tut mir leid, Carl, aber leider habe ich heute schon etwas anderes vor.«

»Ein Abendessen zur Vertiefung deiner pharmazeutischen Kenntnisse?«

»Dummkopf, du kapierst wieder gar nichts«, sagte Iris Adler ärgerlich.

Bernstein wollte auf ihre Worte nicht eingehen. Er war eingeschnappt und ging im Zimmer auf und ab. »Na gut, dann eben nicht, mein Engelchen im Apothekerkittel«, sagte er. Er starrte gebannt auf ein Reagenzglas mit neongrünem Inhalt in einem hölzernen Ständer. »Meiner Treu, was ist denn das für ein absonderlicher Trunk?«

»Das? Oh, ein Zauberelixier«, grinste Iris.

»Gequirltes Heilwasser mit Krausminzeblättern?«

»Weit besser als das. Ein einziger Schluck bewirkt eine vollständige Verrückung deiner Sinne.«

»Ich muss als Kind in ein ganzes Fass davon gefallen sein.«

»Probiere es, Carl, doch bedenke die Wirkung«, sagte die Apothekerin und hielt Bernstein das Reagenzglas unter die Nase.

»Und was, wenn du scherzt, und mir wächst ein Furunkel aus der Nase?«

»Oder wenn es ein Liebestrunk wäre, nach dessen Genuss

du dein Herz unsterblich an das erste Lebewesen verlierst, das du erblickst?«

Bernstein riss die Hand in die Luft. »Gib mir ein Fass davon, ich will darin versinken und nur noch Auge sein!«

Iris Adler lachte – ihr schönes dunkles, geheimnisvolles Lachen.

»Gut, hier ist ein Fass, tauche hinein. Ich gehe schon mal die Katze holen, damit du was Schönes zu sehen bekommst, wenn du wieder auftauchst.«

12

Und nun war es höchste Mittagszeit in Bad Löwenau. Steingutblau wölbte sich der Himmel über dem Kessel des Marktplatzes, in dem sich, nachdem die Windböen wieder abgeflaut waren, die Hitze staute wie unter einer durchsichtigen Zellophanfolie.

Es schien, als strebten alle Menschen in farbenfrohen Sommerkleidern, kurzen Hosen, Miniröcken und mit überdimensionierten Sonnenbrillen nur einem einzigen Ziel entgegen: Ricardo und seinen italienischen Köstlichkeiten.

Entsprechend waren alle Tische und Stühle besetzt. Alle? Ja, wirklich alle. Rubin und Bernstein fanden mit Freitag keinen Platz mehr, aber Ricardo wusste Rat: »Keine Probleme, *amici*, komme mit, hole Tische aus Zimmer von unser *nonna* Francesca.«

Kurz darauf trugen Rubin und Bernstein einen abgewetzten Eichentisch aus dem Wohnzimmer von Ricardos Schwiegermutter auf das Kopfsteinpflaster hinaus. Ricardo lief ihnen aufgeregt hinterher und rief: »Habe leider keine Stuhle mehr, nur noch Campingstuhle von letzte Urlaube in Amalfi. Hole sofort, muss nur erst noch bringe *pizze* an Tische.«

Und damit tauchte er schon wieder in das bunte Meer seiner Gäste ein, während sich Rubin und Bernstein den Schweiß von der Stirn wischten und den Tisch so ausrichteten, dass er nicht mehr wackelte. Schließlich standen sie drum herum und tauschten ihre Neuigkeiten aus.

Von weiter hinten, am äußeren Rand der Sitzplätze, wurde ihnen gewunken. Es war Dr. von Rehheim, der dort an einer langen weiß gedeckten Tafel saß. Sie winkten zurück. Dann sahen sie, wie er mit gütiger Geste seine Hand, die mit dem Handrücken nach unten auf dem Tischtuch ruhte, in Richtung Himmel öffnete. Er schwieg, und es sah so aus, als ob er gerade eine längere Rede beendet hätte. Die Teilnehmer seines Seminars saßen zu seiner Linken und seiner Rechten und blickten demütig oder diskutierten lebhaft mit gestrecktem Zeigefinger seine Worte. Kai Unger, der Pharmareferent, ebenso wie Dr. Charlotte Hagel, die garstige Philosophin, die Psychologin Sybille Meyer und all die anderen. Kein einziges Wort war jedoch von dem Platz aus, an dem Rubin und Bernstein um den Tisch herumstanden, zu vernehmen.

»Das Ganze erinnert mich an ein Gemälde«, bemerkte Rubin.

»Mich auch. Leonardo da Vinci ist, glaube ich, das Stichwort. Bloß stimmt etwas mit der Tageszeit nicht.«

»Ich werde unserem Glücksmediziner ein paar unangenehme Fragen stellen müssen«, sagte Rubin und schickte sich an zu gehen.

»Wie, jetzt im Augenblick?«

»Ja, wann sonst?«

»Auf heilig nüchternen Magen?«

»Wenn es sein muss.«

»Hast du Angst, dass dem Doktor Flügel wachsen und er über die Dächer von Bad Löwenau hinfortschwebt?«

Aber ja doch, Bernstein hatte recht. Rubin spürte deutlich das Loch in seinem Bauch, das schon seit Längerem knurrende Geräusche verursachte.

Da erschien Ricardo mit den Campingstühlen und faltete sie auseinander. Selbst diese Stühle waren, wie alles bei »Da Ricardo«, in den Vereinsfarben Inter Mailands gehalten. Rubin bekam einen blauen, Bernstein einen schwarzen.

»Tute mit schrecklich leid, *amici*! Wirde gehe? *Perfetto!* Wasse wolle trinke? Wie immer?«

Bernstein nickte, und Rubin, nach einem Zögern, nickte auch.

Ricardo klatschte in die Hände: »Alles klare, schöne Bier und Bardolino, und für Freitag schöne Schälche *acqua. Subito.*«

Und weg war er wieder.

»Ich hab Hunger wie ein Berserker«, sagte Bernstein.

»Ja«, sagte Rubin mit einem Seufzer. »Dr. von Rehheim wird uns schon nicht davonlaufen. Ich hatte heute noch nicht einmal Frühstück.«

Er versuchte, es sich auf dem Campingstuhl so bequem wie möglich zu machen, was aber nicht so richtig gelang.

Als Ricardo mit den Getränken zurückkam, fragte Bernstein: »Und, raffinierter Verführer der Sinne und des Gaumens, was hast du heute für uns?«

»Hätte isse in Augeblick ganz schnelle für euch: zwei *insalate* von die Seminar von Dr. Gluck. Sind bestellt und leider gebliebe uber.«

Bernstein und Rubin sahen sich an und schüttelten den Kopf.

»He, *amici*, sinde schöne Glueckssalate, hundert Prozente gesunde, mache froh und alles wieder gute!«

»Da haben wir den Salat«, sagte Bernstein kopfschüttelnd. »Hast du nichts anzubieten, das zwei ausgewachsene Männer glücklich *und* satt macht?«

Ricardo grinste über beide Ohren: »Ah, verstehe. Glaube isse, habe gute Idee.«

Er wollte schon wieder los, da fiel ihm etwas ein. Er griff sich an die Stirn und sagte: »Hätte isse fast vergesse schlimme Sache. Habe schon gehört, dass ist Beatrice weg und fort. *Dio mio!* Sie ware so elegante Fraue. Fraue von Welt. *Bellissima!* Wenn auch bisse …« Er verzog das Gesicht, als hätte er in etwas Saures gebissen, und fuchtelte mit der rechten Hand in der Luft herum. »… wenn auch bisse kalte wie a Marmor in Dom von Milano. Habe schon a erste Spur?«

Rubin zuckte mit den Schultern. »Hast du Beatrice näher kennengelernt?«, fragte er.

»Bisse kennegelernt. Wenne mich frage, is nit so wie andere. Beatrice … anders. Aber jetzte, *scusi*, musse eile, sonst kriege nix zu esse.«

Bernstein und Rubin prosteten einander zu. Die ersten Schluck Bier und Bardolino waren einsame Tropfen auf heißen Steinen. Bernstein versuchte erneut, Ayse auf ihrem Telefon zu erreichen, doch vergebens.

Rubin blickte auf die Wasserfontänen, die aus den Löwenköpfen am Brunnen sprudelten, und kam darüber ins Nachdenken. Wieder stiegen Erinnerungen an den Fall vor Jahren in der Großen Stadt in ihm auf. Damals war er von Anfang an vom Tod des Vermissten überzeugt gewesen. Alles hatte dafür gesprochen, nichts dagegen. Scheinbar. Er hatte dem Offensichtlichen Glauben geschenkt und entsprechend gehandelt. Das war ein Fehler gewesen, denn er hatte in der Folge eine Reihe von Straftaten falsch eingeschätzt.

Rubin leerte das Bier unter den staunenden Augen von Bernstein in einem Zug. Was, wenn es hier ähnlich war wie damals? Wenn Beatrice Hofmann nur eine Tarnung brauchte? Doch eine Tarnung wofür? Um ungestört schreiben zu können? Irgendwo in einer abgeschiedenen Ferienwohnung an der Küste? Das war unwahrscheinlich. Aber nicht ausgeschlossen. Vielleicht hatte sie auch etwas ganz anderes vor. Warum war sie aus der Großen Stadt überhaupt nach Bad Löwenau gekommen? Warum gerade jetzt? Nur, um ihren Eltern einen Besuch abzustatten und danach an einem erbaulichen Seminar bei einem aufstrebenden Arzt und Entertainer teilzunehmen? Plötzlich überfiel ihn eine schreckliche Befürchtung: Vielleicht war Beatrice nur aus einem einzigen Grund nach Bad Löwenau gekommen – um Rache zu nehmen.

Er griff zum Handy und drückte eine Kurzwahltaste. »Irgendetwas Neues, Frau Cerni? Nein? Was hat die Vermisstenmeldung ergeben? Nichts, ach so. Sitzen Sie schon an der

Auswertung der Aussagen? Ja? Und? Hm, ich verstehe. Melden Sie sich, sobald Sie auf etwas stoßen. Ich danke Ihnen.«

»Noch immer keine Spur von der Holden?«, fragte Bernstein, der jedes Wort mit angehört hatte und dem auch der plötzliche Stimmungswechsel seines Freundes nicht verborgen geblieben war.

»Glaubst du, Beatrice Hofmann ist noch am Leben?«, fragte Rubin seinen Freund in einem zugleich ernsten und kraftlosen Ton.

»Bei allen Detektiven und Inspektoren!«, entgegnete Bernstein betont lautstark und bestimmt. »Das ist eine komplizierte Frage, und ich fürchte, ich habe außer einem entschiedenen Vielleicht keine passendere Antwort darauf. Doch eins weiß ich ganz gewiss: Dem Teil deiner Betrübnis, der auf einem leeren Magen beruht, wird in allernächster Zeit mit größter Sicherheit ordentlich der Garaus gemacht werden. Denn da erspähe ich bereits unseren Meisterkoch mit großen Schritten unterwegs zu unserem improvisierten Campinglager.«

Und tatsächlich, da kam Ricardo mit einem Strahlen und zwei riesigen Tellern auf dem Arm an. »*Amici*, aufgepasste. Habe heute schöne Steaks mit Pfeffer und Bratkartoffel mit *Rosmarino* – doppelt Portion für hungrige Freunde, und für Freitag komme gleich schöne Wiener Wurste ohne Senfe. Lasse schmecke. *Prego!*«

Wie recht Bernstein doch hatte. Schon ein paar Bissen von dem saftigen Steak und den in fruchtigem Olivenöl geschwenkten Bratkartoffeln mit feinster goldener Kruste genügten, um wieder das helle Licht der ruhigen Analyse in Rubins Gemüt scheinen zu lassen.

Da entdeckte er aus dem Augenwinkel, dass die Gruppe um Dr. von Rehheim sich zum Aufbruch rüstete, vermutlich zur letzten Seminarrunde. Er wischte sich den Mund ab und war gerade im Begriff, sich zu erheben und Dr. von Rehheim abzupassen, der mit einer Teilnehmerin lebhaft ins Gespräch vertieft war. Doch dazu kam Rubin nicht. Denn im selben Augenblick tauchte von irgendwo vom Marktplatz kommend Franziska von Roth, die Bürgermeisterin, an seiner Seite auf.

»Ich wünsche den Herren einen gesegneten Appetit.«

Rubin und Bernstein machten Anstalten, sich zu erheben.

»Ich bitte Sie, behalten Sie Platz«, sagte sie mit kühlem Blick auf die beiden Campingstühle. »Ich will Sie auch gar nicht lange stören. Ich komme gerade zufällig vorbei und bin eigentlich auf dem Weg ins Rathaus zu einer dringenden Telefonkonferenz mit dem Ministerpräsidenten«, sagte sie mit der größten Selbstverständlichkeit.

»Grüßen Sie ihn ganz herzlich von mir«, erwiderte Bernstein und erntete keinen freundlichen Blick dafür.

Franziska von Roth, die auch die »Fürstin von Bad Löwenau« genannt wurde, trug ein buntes Sommerkleid und flache Schuhe. Sie war stark parfümiert, was Freitag sehr irritierte, denn er hatte kurz geknurrt, als sie erschienen war, und Rubin hatte ihn beruhigen müssen.

Die Fürstin schien ihren Weg nach dem kurzen Gruß fortsetzen zu wollen, dann jedoch machte sie, wie von einer spontanen Eingebung inspiriert, wieder kehrt. »Ach, übrigens, was ich Ihnen beiden noch sagen wollte: Das Verschwinden der Journalistin aus der Großen Stadt ist zweifelsohne eine missliche Angelegenheit, die höchste Sensibilität im Umgang erfordert. Ich weiß, Herr Rubin, ich kann mich da ganz auf Sie verlassen, auf Ihren Spürsinn und Ihre Diskretion. Haben Sie schon eine Spur?«

Rubin nahm sie scharf ins Visier – und sagte nichts.

»Nun, uns allen ist an einer ebenso raschen wie vollständigen Aufklärung der Sache gelegen«, fuhr die Fürstin fort. »Ich bin überzeugt, es wird am Ende eine zufriedenstellende Erklärung geben. Bis dahin aber sollten wir konsequent Ruhe bewahren. Keine Spekulationen, keine überflüssigen Aktionen. Wir wollen doch alle, dass die Touristen einen sorgenfreien Aufenthalt bei uns verbringen. Dass sie uns ihr Vertrauen schenken, uns allen, ohne Ausnahme, vertrauend auch auf die Autorität unserer Kurärzte.

Denn ich will nicht verhehlen, es gibt gewisse Leute, denen es sehr recht ist, dass durch die Vermisstenangelegenheit ein schlechtes Licht auf das Glücksseminar unseres guten Dr. von Rehheim geworfen wird. Sie wissen, was ich meine. Neid und Missgunst treiben die Menschen zu allerlei bösen Spekulationen. Neid auf den Erfolg und die steigende Reputation, die unser geschätzter Kurarzt Dr. von Rehheim nun einmal genießt, nicht zuletzt, seitdem er mit der erfolgreichen Ratgebersendung auf unserem Sender TV 4 begonnen hat. Wir wissen doch alle, und es erfüllt uns mit Stolz: Eine vielversprechende Karriere ist hier im Entstehen.

Denn nicht zuletzt kommt sein Erfolg doch uns allen zugute. Eine Kurstadt wie unsere lebt nicht allein von ihrem guten Ruf, sondern auch von der Reputation der Persönlichkeiten, die sie hervorbringt. Sie sind das Salz in der Suppe, das Aushängeschild, die Visitenkarte. Und am Ende des Tages werden sie das entscheidende Zünglein an der Waage sein, das den feinen Unterschied zwischen einer x-beliebigen Kurstadt und einer Heilstadt mit dem gewissen Etwas macht. Sorgen wir also alle dafür, dass sich unsere Prominenten in unserer Mitte wohlfühlen. Wir alle profitieren davon. Deshalb richte ich persönlich meine Bitte an Sie beide: Vergessen Sie Ihre Verantwortung für unser Gemeinwesen nicht, und gehen Sie sehr, sehr behutsam vor. Bad Löwenau wird Ihnen zu großem Dank verpflichtet sein. Guten Tag, meine Herren.«

Sie drehte sich um und ging davon, federnd und leicht flogen die Schritte der Bürgermeisterin über das Pflaster des Marktplatzes. Bernstein hob an, etwas zu sagen, doch Rubin winkte ab: »Behalte es für dich, ich stimme dir zu.«

Kaum war die Fürstin in der Menge der Wartenden am Heilbrunnen verschwunden, spähte Rubin wieder in Richtung der Glücksgruppe. Sie war nicht mehr da. Er schnellte aus seinem Campingstuhl hoch.

»Wo willst du hin?«, fragte Bernstein.

»Ich will endlich Dr. von Rehheim befragen.«

»Jetzt?«

»Natürlich jetzt.«

»Das geht nicht. Wir beide haben eine Verabredung. Hast du schon vergessen?«

»Eine Verabredung? Mit wem?«

»Mit niemand Geringerem als der besten aller Schullehrerinnen, mein Lieber.«

13

Die regelmäßigen Treffen mit der alten Schullehrerin waren nach Rubins Rückkehr nach Bad Löwenau zu einem Ritual geworden. Rubin zeigte allerdings deutliche Anzeichen von Unruhe, als er mit Bernstein und Freitag in der Dachwohnung von Irmgard Rathenow am Marktplatz anlangte. Doch er hatte sich überzeugen lassen, dass er die Verabredung nicht einfach absagen konnte. Und im Grunde seines Herzens wollte er es auch nicht.

Die einundachtzigjährige Studienrätin war wie immer tadellos geschminkt, frisiert und gekleidet und begrüßte ihre ehemaligen Schüler mit Wangenküssen.

Freitag sprang begeistert an ihr hoch, sodass sie vor Vergnügen aufschrie.

»Bei allen Geistern des Nichts, du bist die Konsequenz in Person, Irmgard«, sagte Bernstein, nachdem er sich in der fast leeren Wohnung umgeblickt hatte. »Beneidenswert.«

Irmgard Rathenow hatte ein System entwickelt. Sie verabschiedete sich nach und nach von allen Dingen, die ihr Leben belasteten und ihr nichts mehr zu geben hatten. So hatte sie sich im Laufe der Zeit mit charmanter und manchmal auch eigensinniger Konsequenz von allerlei Schuhen, Röcken und Mänteln getrennt, hatte ungelesene Bücher verschenkt und ungeliebte Möbelstücke zum Sperrmüll geschafft. Sie wollte nur diejenigen Dinge behalten, die sie täglich nutzte und zu ihrem Lebensglück benötigte. Das waren erstaunlicherweise herzlich wenige.

»Nehmt schon mal am Tisch Platz, Jungs, ich bin gleich bei euch.«

Sie kehrte mit einer Flasche Wacholder und drei Gläsern zurück. Bernstein leckte sich mit der Zunge über die Lippen, und Rubin gab sich Mühe, seine schlimmsten Vorahnungen zu verbergen.

Während Irmgard die Gläser randvoll füllte, sagte sie: »Schön, dass ihr da seid. Es ist mir jedes Mal ein Fest, euch zu sehen. Und Feste soll man feiern, wie sie fallen. Und damit erst einmal Prosit.«

Alle kippten den Wacholder auf einen Zug hinunter. Irmgard strahlte, Bernstein holte tief Luft und atmete behaglich aus, Rubin schluckte einfach und hoffte, dass das Brennen in seiner Kehle rasch vorübergehen würde. Er konnte sich einfach nicht an das Zeug gewöhnen, wollte Irmgard aber keinen Korb geben.

»Noch einen, Jungs?«

Rubin winkte ab. Bernstein schien enttäuscht, schloss sich aber seinem Freund an.

Auf dem Tisch lagen Fotokopien, wirr durcheinander. Es handelte sich um Karten, Baupläne, alte Dokumente, teils handschriftlich in Sütterlin verfasst, teils in alter Frakturschrift gedruckt.

Rubin nahm ein altes Dokument zur Hand. »Ist das ein Stadtplan?«

»Ja, genau, unser schönes Bad Löwenau vor hundertfünfzig Jahren. Sieh mal, hier habe ich einen noch älteren Plan gefunden.«

»Meiner Treu, der stammt aus der napoleonischen Zeit«, rief Bernstein begeistert. »Hier: Alle Straßen heißen Avenue oder Rue.«

»Ich wusste gar nicht, dass unsere Stadt so alt ist.«

»Sie ist sogar noch älter, mein lieber Christoph. Das haben wir auch in der Schule behandelt, aber da habt ihr zwei wahrscheinlich wieder Unsinn gemacht und nicht aufgepasst.«

»Das kann ich mir gar nicht vorstellen«, sagte Bernstein und boxte seinen Freund gegen den Oberarm.

»In jedem Fall sehe ich, dass du offensichtlich ein neues

Hobby hast, Irmgard«, bemerkte Rubin und nahm ein anderes Dokument zur Hand, das den Bauplan eines großen Hauses zeigte, vermutlich das Rathaus am Marktplatz.

»So ist es. Ich habe mich entschlossen, die Geheimnisse unserer Stadtgeschichte zu ergründen.«

»Wie, kein Internet mehr, kein Online-Dating?«

Irmgard schmunzelte. »Nur noch sporadisch. Ich bin zu der Überzeugung gekommen, dass ich nun in das Alter für seriöse Studien gekommen bin.«

»Oh, wie aufregend!«, rief Bernstein. »Ab wann beginnt dieses Alter? Nur, damit ich vorbereitet bin.«

»Mein lieber Carl, damit du in das reife Alter kommst, müsstest du schon fünftausend Jahre alt werden.«

»Na wunderbar, das ist doch locker zu schaffen.«

Alle lachten, auch Freitag stimmte auf seine Weise mit ein und wedelte mit dem Schwanz. Dann erfreute er sich wieder seines Knochens, den er mit größter Hingabe bearbeitete.

»Ich plane auch, einen Aufsatz über unsere Stadtgeschichte zu schreiben. Vielleicht sogar ein Buch«, sagte Irmgard. »Und ich glaube, ich könnte da eine kleine Hilfe ganz gut gebrauchen.« Sie blickte Bernstein vielsagend an. »Ich denke da an jemanden mit Stil und Leidenschaft, der mir hier und da ein wenig bei der Recherche unter die Arme greifen könnte und vielleicht auch bei der Niederschrift. Mein Schreibstil ist nicht mehr ganz aktuell.«

Bernstein schnippte mit dem Finger. »Es soll mir eine Ehre und ein Vergnügen sein, meine Werteste. Wann fangen wir an?«

»Wenn du es dir einrichten könntest, vielleicht morgen?«

Bernstein tat so, als ginge er im Geiste seinen Terminplan durch. In Wahrheit hatte er keinen und sagte nach einer kurzen Weile: »Einverstanden.«

Irmgard strahlte und griff nach einer Fotokopie. »Hier habe ich einen alten Plan unseres Stadtparks. Ich werde noch nicht richtig schlau daraus. Es sind hier Gebäude eingetragen, die es heute nicht mehr gibt. Das würde ich mir gern genauer mit dir ansehen. Um elf Uhr?«

»Bei Schliemann, Carter und dem blinden Homer! Elf Uhr ist eine unwiderstehliche Zeit. Ich bin dabei, wenn es einen Schatz zu heben gilt.«

Zur Besiegelung der Verabredung wollte Irmgard einen weiteren Wacholder ausschenken, doch Rubin lehnte ab. »Ich zumindest steige aus, sei mir nicht böse. Ich muss los.«

»Ich habe schon gehört, was geschehen ist«, sagte Irmgard. »Noch immer keine Spur von der Vermissten?«

Rubin schüttelte den Kopf.

»Das Seminar hat der Dame offenbar kein Glück gebracht. Oder ist sie etwa ausgebüxt, weil sie so viel geballtes Glück auf einen Haufen nicht mehr aushalten konnte?«

»Das ist unwahrscheinlich, aber ausschließen kann ich es zum jetzigen Zeitpunkt auch noch nicht.«

Irmgard richtete den Blick auf Freitag, der mit einer Engelsgeduld an seinem Knochen nagte. »Heutzutage suchen viele Menschen verzweifelt das Glück«, sagte sie nach einer Weile. »Und viele suchen es so, wie sie eine neue Bluse für die Hochzeit ihrer Schwester suchen. Wenn sie passt und wenn der Preis stimmt, dann sind sie glücklich. Zumindest für eine Weile. Doch ich werde die Befürchtung nicht los, dass sie über das Glück der neuen Bluse den eigentlichen Zweck aus den Augen verlieren.«

14

Wieder auf dem Marktplatz und noch leicht benommen wegen des Wacholders, der sich mit der Hitze des Mittags nicht allzu gut vertrug, machte sich Rubin unverzüglich auf den Weg zum Hotel, um erneut das Seminar von Dr. von Rehheim aufzusuchen. Das heißt, unverzüglich ist nicht ganz richtig, denn er machte mit Bernstein und Freitag zuvor einen kurzen Halt am Löwenbrunnen, um sich mit ein paar Spritzern Heilwasser zu erfrischen.

Dann wählte Bernstein zum wiederholten Male die Nummer seiner Kollegin Ayse, die auch jetzt nicht abnahm. Kurz darauf klingelte Rubins Telefon. Die Spurensicherung war am Apparat.

»Herr Hauptkommissar, wir haben das Ergebnis der Blutuntersuchungen«, verkündete der Mann, der ältere der beiden Experten, denen Rubin im Hotelzimmer begegnet war. »Die beiden Blutproben stammen von unterschiedlichen Personen. Die vom Epiliergerät hat die Blutgruppe Null Rhesus positiv. Die vom Bettlaken A negativ.«

Rubin war nicht überrascht, er hatte es geahnt und bedankte sich für die rasche Information. »Und was ist mit Fingerabdrücken?«

»Das Zimmer war natürlich wie alle Hotelzimmer mit Fingerabdrücken übersät, die alle nicht registriert sind. Mit einer Ausnahme.« Der Experte von der Spurensicherung nannte den vollständigen Namen Igors, des Russen. »Ist Ihnen der Mann bekannt, Herr Hauptkommissar?«

Rubin bejahte und fragte: »Ist das alles?«

Der Mann am anderen Ende der Leitung schien die Worte missverstanden zu haben. »Was soll das heißen, *alles*? Das sind die Informationen, die Sie angefordert haben. Die haben wir geliefert, und zwar umgehend. Wenn Sie mehr wollen, hätten Sie mehr anfragen müssen.«

»Schon gut, Sie haben ja recht«, sagte Rubin und bedankte sich. Er hatte während des Gesprächs seinen Weg fortgesetzt, langsam und anscheinend ziellos. Jetzt blieb er stehen. »Bernstein, kennst du den Grund, warum Igor im Seminar von Dr. von Rehheim sitzt?«

»Meines Wissens muss er teilnehmen.«

»Er *muss*? Wieso das?«

»Er hat eine Auflage von der Bewährungsbehörde. Er muss an einer Antiaggressionsmaßnahme teilnehmen. Offenbar gilt das Seminar als therapeutisch wertvoll.«

Rubin entschied sich, die Befragung von Dr. von Rehheim zu verschieben und Igor unverzüglich mit den Ergebnissen der Spurensicherung zu konfrontieren. Er wollte den Russen aber nicht vor den Teilnehmern des Seminars als Verdächtigen bloßstellen, bevor er ihm Gelegenheit geben konnte, sich zu erklären.

Bernstein wusste Rat. Er schickte Igor eine SMS und bekam prompt Antwort:

»Igor trifft dich in fünf Minuten in Hotelbar.«

»Das ging aber schnell«, sagte Rubin. »Das Seminar scheint Igor nicht sehr zu fesseln.«

»Wie ich schon sagte, er sitzt dort nicht freiwillig.« Bernstein begleitete Rubin ins Hotel, doch nicht in die Hotelbar. »Ich werde mein Glück einstweilen bei der mitteilungsfreudigen Hotelmanagerin versuchen. Ich stoße dann zu euch, wenn es beliebt.«

»Frau Seifert weiß nichts über den Verbleib von Beatrice Hofmann«, wandte Rubin ein.

»Das hat sie dir gesagt, mein Bester. Mal sehen, was sie ausplaudert, wenn ich ihr das Mikro meines Diktiergerätes unter die Nase halte.«

15

»Wodka oder Milch, Herr Kommissar?«

Rubin blickte dem Russen scharf in die Augen. Igor grinste nur, wandte sich in der leeren Hotelbar an den gelangweilten Barkeeper und raunte: »Für mich Glas Milch!«

Rubin bestellte dasselbe und kam, nachdem er Freitag einen Platz zu seinen Füßen zugewiesen hatte, ohne Umschweife auf Igors Fingerabdrücke zu sprechen. »Was haben Sie im Hotelzimmer von Beatrice Hofmann gesucht?«, fragte Rubin.

»Bin ich Mann mit Manieren. Habe ich elegante Frau getragen Koffer auf Zimmer.«

»Wann?«, fragte Rubin. »Waren Sie schon am Donnerstagabend im Hotel?

»So ist.«

»Was hatten Sie hier zu tun?«

»Geschäft«, antwortete Igor und bedankte sich durch ein kurzes Nicken beim Barkeeper, der mit betont nüchterner Miene zwei Gläser Milch auf den Tresen gestellt hatte.

»Wussten Sie am Donnerstag schon, dass Beatrice Hofmann eine Teilnehmerin des Glücksseminars war?«, fragte Rubin.

Igor zuckte mit der Schulter. »Wusste nicht«, sagte er. »Frau war schön, brauchte Hilfe. In Russland ein Mann weiß, was zu tun. In Deutschland – *njet*.«

Rubin spürte, aus dem kantigen Mann war nicht viel herauszuholen. Außerdem wusste er nicht, wie er seine Worte einzuschätzen hatte. Igor war ihm noch nie geheuer gewesen. Auch war ihm nicht klar, was genau er mit Bernstein zu schaffen hatte. War er Bernsteins Informant für gewisse Kreise in Bad Löwenau?

Rubin wusste, Igor hatte eine Bewährungsstrafe wegen illegalen Drogenbesitzes. Er war mehrfach mit kleinen Betrügereien, illegalen Geschäften und mit Fällen von körperlicher Bedrohung in Verbindung gebracht worden, doch war es Rubins Vorgängern bei der Polizei nie gelungen, dem Russen etwas nachzuweisen.

Rubin betrachtete ihn näher, sah die Narben an der rechten Hand und auf dem rechten Oberarm, daneben die dilettantischen Tätowierungen, die eine barbusige Meerjungfrau auf einer Art Besenstiel zeigten. Es war nicht zu erkennen, ob die Frau riesige Augen hatte oder eine Augenbinde trug. Auch an Igors Hals waren Narben, die einige Jahre alt sein mussten. Rubin erinnerte sich an die Worte Bernsteins, der einmal gesagt hatte, Igor habe an vielen Fronten gekämpft. In der Tat, er war ein Kriegsveteran der russischen Armee und aus den Tiefen der Taiga in den Dschungel von Bad Löwenau gekommen.

»Welche Blutgruppe haben Sie?«, fragte Rubin.

Igor nahm einen Schluck Milch, leckte sich die Lippen und grinste. »Weiß nicht.«

»Können Sie es herausfinden?«, fragte Rubin.

»Kann sein, kann auch nicht sein.«

Allmählich ging Rubin das Gehabe auf die Nerven. Er wusste, Igor würde hartleibig bleiben. Er provozierte Rubin mit Absicht. Es war ein Kräftemessen, ein Spiel, das der Russe zu seinem Vergnügen spielte. Rubin durchschaute zwar die Taktik, trotzdem brauchte er Antworten. Er könnte ihn vorladen, aber auch das würde den Russen nicht einschüchtern, höchstens amüsieren. Igor war ganz andere Kaliber gewohnt.

Schließlich, nach einem weiteren tiefen Schluck Milch, zog Igor genüsslich sein Portemonnaie aus der Hosentasche. Heraus holte er einen zerknitterten Blutspendeausweis. »Hier, Herr Kommissar. Blutgruppe A positiv. Gute Blutgruppe?«

Die von der Spurensicherung genannten Blutgruppen waren A negativ und Null positiv. Damit war Igor aus dem Schneider. Rubin nickte.

»Hören Sie, Herr Kommissar, habe ich Verdacht«, sagte Igor nach einer Pause und lehnte sich nach vorne. »Weiß ich aber nicht, ob ich kann trauen Polizei.«

»Um welchen Verdacht handelt es sich?«

»Weiß ich nicht, ob ich kann trauen Polizei«, wiederholte der Russe provokativ.

Rubin verstand die Anspielung. Der Polizei schenkte er kein Vertrauen, aber vielleicht sah es mit einem Journalisten anders aus. »Bernstein?«, fragte Rubin.

Igor zuckte die Achseln und machte eine ausholende Bewegung. »Vielleicht. So ist.«

Rubin rief Bernstein an, der schon auf dem Weg in die Hotelbar war, denn die Hotelmanagerin Melanie Seifert hatte tatsächlich nichts zu berichten gewusst, zumindest nichts, was für die Ermittlung von Interesse war.

Bernstein und Igor tauschten stumme Blicke, doch Rubin wusste sie nicht zu deuten. Er hatte viele Jahre lang keinen Kontakt zu seinem alten Freund Bernstein gehabt. Was war alles in der Zwischenzeit geschehen? Welche Freundschaften und Allianzen war Bernstein eingegangen?

»Igor hat uns etwas mitzuteilen«, erklärte Rubin.

Bernstein forderte den Russen mit einer Geste zum Sprechen auf.

»Habe ich Verdacht auf zwei Männer in Seminar«, sagte Igor bedeutungsvoll und sah dabei nur Bernstein an. »Dr. von Rehheim und diese Unger mit die Pillen.«

»Warum die beiden?«, wollte Rubin wissen.

»Kann man Doktor nicht trauen«, antwortete Igor Bernstein, der gar nicht gefragt hatte. Er behauptete weiter, der Glücksmediziner sei zu lustig, um wahr zu sein. Er sei auch zu schnell mit Weisheiten bei der Hand. In Russland gelte ein lustiger Kerl als Idiot, wenn er es nicht gleichzeitig verstehe, der Heiterkeit eine Prise Melancholie beizumischen.

»Darauf gründet Ihr Verdacht?«, fragte Rubin ungläubig.

»So ist. Aber schlimmer ist Mann von Pharma. Er Lügner.«

»Warum?«

»Hat gesagt, kennt nicht Beatrice von früher.«

»Und?«

»Kennt doch, sage ich. Hatte Streit mit ihr in Park.«

»Woher wissen Sie das?«, fragte Rubin.

Igor erklärte, ein befreundetes russisches Ehepaar, Anna und Dimitrij, habe beobachtet, wie sich der Pharmareferent am Samstagnachmittag mit Beatrice Hofmann im Stadtpark lautstark gestritten habe, wie ein altes Ehepaar oder wie zwei, die sich über ein schwieriges Geschäft nicht einigen konnten. Dimitrij habe sich gewundert, warum Igor in einem Glücksseminar mit Menschen sitze, die nicht glücklich waren. Denn so heftig, wie der Mann im Park mit der Frau gezankt habe, mussten sie ein schwerwiegendes Problem haben.

»Haben Ihre Bekannten hören können, worum der Streit ging?«, fragte Rubin.

»Nicht alles. Ging um Wissenschaft. Viele fremde Worte. Deutsch von Dimitrij und Anna nicht gut.«

Igor trank sein Glas aus und warf Rubin einen auffordernden Blick zu, weil der seine Milch noch nicht angerührt hatte. »Das ist eins«, brummte er. »Weiß ich aber noch was. Hab ich Verdacht.«

»Wir sind ganz Ohr«, sagte Bernstein.

»Unger ist nicht von Industrie, ist nur Tarnung. In Wahrheit ist Dealer.«

Bernstein sah Rubin an, dann wieder den Russen. »Willst du behaupten, er verkauft seine Glückspillen illegal?«

»So ist«, donnerte der Russe. »Kommt nach Bad Löwenau und macht Menschen abhängig von Gift.«

»Das ist absurd, Igor«, rief Bernstein belustigt. »Das Zeug hat doch überhaupt keine Wirkung. Das ist reine Geschäftemacherei.«

»Das ich sage: Mann will mache Geschäfte mit Drogen. Deshalb ich habe Kai Unger in Auge.«

»Was soll das wieder bedeuten?«, fragte Rubin.

»Habe ich gegeben Bescheid mein Neffe Vitali, soll habe Auge auf Mann.«

Rubin glaubte, seinen Ohren nicht zu trauen. Hatte Igor da eine Beschattung veranlasst? Tatsächlich: Der Russe berichtete seelenruhig, dass sein Neffe Vitali den Pharmareferenten verfolgt habe. Unger sei laut Vitali den ganzen Samstagabend scheinbar ziellos durch die Stadt geschlendert. Jedoch habe Vitali nur bis zweiundzwanzig Uhr die Beschattung durchgeführt, weil er danach zu seiner neuen Freundin wollte. »Hatte neue Flamme. Sie verstehe!«

»Das nenne ich aktive Bürgerpflicht«, rief Bernstein und machte eine Geste wie ein Dirigent, der von seiner Kapelle einen Tusch verlangt.

Rubin war weniger angetan, um genau zu sein, er war entsetzt. Was ging hier in seiner Stadt vor? Hinter seinem Rücken?

Igor dagegen war sehr zufrieden mit sich. Nach einem kurzen Schweigen fragte er mit breitem Grinsen: »Und, Herr Kommissar, wie sieht aus? Noch ein Milch?«

Bernstein brach auf, und Igor brach auf, jedoch nicht zurück ins Seminar. Dorthin begab sich Rubin durch den Flur im dritten Stock. Die Tür des Seminarraumes stand offen, die Fenster auch, doch niemand war zu sehen. Die persönlichen Gegenstände und Unterlagen der Teilnehmer waren noch da. Doch von Dr. von Rehheim war keine Spur. Nur sein Konterfei strahlte einsam und gut gelaunt aus dem goldenen Rahmen auf Rubin herab.

16

Hinter der Stadt erstreckten sich zunächst die Schrebergärten mit ihren wie zufällig gehissten und stark verblassten Deutschlandfahnen, mit ihren Jägerzäunen und den Maschendrahtzäunen um die meist vertäfelten, teils auch steinernen Wochenendhütten herum. Die Rasenflächen wie die Blumen- und Zwiebelbeete waren liebevoll von ruhiger Hand gepflegt, und die Wipfel der hohen Kastanien ragten an keiner Stelle auf das Grundstück des Nachbarn hinüber.

Hinter den Wochenendanlagen, lau und still, verlief der Strom der Nöster, der Bad Löwenau von Osten nach Westen wie eine eigensinnig gewundene Ader durchzog und gegen Norden irgendwo im Nirgendwo versandete. Vom Wasser her stieg Kühle auf, die bis hoch auf die geteerten Wege reichte. Sie gingen nahtlos in die Schotterwege über, die durch die staubig duftenden und abgeernteten Felder von Weizen, Gerste und Roggen führten, auf deren letzten Stoppeln sich das kupferne Nachmittagslicht wie kleine bunte Flammen entzündete.

Auf den Wiesen stand das Gras noch hoch und mattgrün, und die Äste in den Kronen von Eichen und Buchen streckten ihre Blätter dem Himmel in Kobaltblau mit milchfarbenen Wolken entgegen.

Carl Bernstein trat fester in die Pedale.

Er flog an der Landschaft vorüber und radelte auf seinem modernen Sportrad im Retrolook mit Zehn-Gang-Schaltung und abgewetztem Ledersattel hinaus zum See.

Dort vermutete er seine Kollegin Ayse beim Baden. Bernstein trug eine rote Sporthose, Sportsandalen und ein T-Shirt in Wimbledon-Lila mit der Aufschrift in grellgelben Neonfarben:

The world is bad – let's go!

Der See lag silbern glänzend hinter einem schmalen Waldstück und war von zwei Seiten mit Schilf umstanden. Ganze Völkerschaften waren unterwegs: Badende, Grillende oder einfach nur in den Wiesen Faulenzende. Von überallher erklangen Schreie, Gemurmel oder laute Musik aus billigen Radios.

Bernstein versteckte sein Rad in einem Gebüsch am Uferhang und spähte über den See. Er kannte Ayses Lieblingsstelle.

Er stieg ins Wasser und kraulte sportlich eine lange Strecke. Er tauchte mehrmals ab und blieb so lange unter Wasser, wie er konnte. Wenn er den Kopf wieder in die Höhe reckte, spürte er die Kraft der Sonne auf seiner Haut. Er näherte sich zielstrebig dem Anlegesteg am gegenüberliegenden Ufer. Und tatsächlich, dort erahnte er die Umrisse einer weiblichen Person. Sie lag auf dem Rücken und nahm ein Sonnenbad. Niemand sonst war in diesem Teil des Sees. Bernstein begann beim Anschwimmen an den Steg »Barbara Allan« zu singen, eine englische Volksweise, die er oft vor sich hin trällerte, wenn er gemeinsam mit Ayse im Büro war.

Sie horchte auf, und als Ayse Stimme und Melodie erkannte und Bernstein erblickte, huschte ein Strahlen über ihr Gesicht. Bernstein schwang sich auf den Bootsanleger und legte sich dicht neben ihr auf den Rücken. Ohne ein Wort der Begrüßung schlossen beide die Augen und streckten die Gesichter dem Himmel entgegen. Ayse trug einen schmalen weißen Bikini. Das Sonnenlicht glänzte auf ihrer Haut, die von winzigen Schweißperlen und Wassertropfen bedeckt war. Ihr Körper verströmte den Duft von Sommer und Seewasser.

»Meine Blume des Orients, wenn je ein Sommer schön war, dann nur, weil er auf solche Schönheit wie dich betörend hinabstrahlen darf«, flüsterte Bernstein.

Ayse stieß ihm in die Rippen. Sie glaubte ihm wie üblich kein Wort, und doch war es eine Lust, diese Worte zu vernehmen. Sie lachte, wischte sich den Schweiß aus dem Gesicht und genoss rein den Augenblick, die Ruhe, das Stehen außerhalb von Raum und Zeit.

Es herrschte vollkommene Stille, nur Vogelgezwitscher war zu vernehmen, was nur eine andere Form von Stille ist.

Plötzlich sagte Bernstein trocken: »Du erinnerst dich doch an Beatrice Hofmann.«

Und das war's dann! Augenblicklich zerplatzte die Blase. Ayse konnte es förmlich krachen hören. Sie sprang auf die Knie und schlug mit der linken Faust auf die Planken.

»Ich habe es gewusst. Ich habe es gewusst!«

»Was, meine Liebe?«

»Natürlich bist du nicht ohne Grund gekommen. Und ich war so dumm … ich … ich bin eine dumme Gans!«

Bernstein hatte eine formidable Entgegnung auf der Zunge liegen, doch er spürte, dass es besser war, sie für sich zu behalten.

Ayse schnaubte und vermied es, ihn anzusehen.

»Bist du enttäuscht?«, fragte Bernstein ernst.

»Nein, das bin ich nicht. Ich habe nur … Ja, bin ich.«

Bernstein rückte an sie heran und legte seinen Arm behutsam um ihre Schulter. Sie zitterte leicht, er küsste sie zweimal auf die Stirn und wischte ihr ein paar Tränen von der Wange.

»Tut mir leid«, sagte Ayse, nachdem Bernstein sie wieder losgelassen hatte.

»Nein, *mir* tut es leid. Sehr sogar, doch eins versichere ich dir: Du bist und bleibst, was du bist für mich: meine Königin der Kolleginnen.«

Ayse strahlte wieder, zaghaft zwar, doch immerhin. »Mein Ritter der schreibenden Zunft«, imitierte sie Bernstein und seinen Tonfall.

»Na, siehst du, es geht schon wieder. Doch nun zu Beatrice. Du kennst sie persönlich, nicht wahr?«

Ayse setzte sich an die Kante des Bootsstegs und ließ die Beine über die Planken baumeln. Ihre Fußspitzen berührten fast das Wasser. »Ich habe Beatrice vor Jahren bei einem Presseempfang in der Großen Stadt kennengelernt. Wir haben uns gut unterhalten und ein bisschen zusammen gefeiert. Sie war eine Art große Freundin und hat mir wertvolle Tipps gegeben.«

»Hast du mir nicht erzählt, sie hätte dich jüngst erst kontaktiert?«

»Ja, vor zwei Wochen etwa.«

»Worum ging es?«

»Um eine Reihe von Betrugsfällen im Wellnessmilieu.«

»Kennst du Details, Namen, Fakten?«

Ayse schüttelte den Kopf. »Sie fragte mich, ob ich Hintergrundinformationen zu Dr. von Rehheim hätte. Ich fragte, welcher Art. Sie meinte, zu dem Seminar, das er hier bei uns hält. Sie wollte alles, was ich habe. Aber ich konnte ihr leider nicht wirklich weiterhelfen.«

»Wie seid ihr verblieben? Habt ihr E-Mail-Kontakt?«

»Nein, Beatrice sagte, sie wollte sich wieder bei mir melden.«

»Hat sie gesagt, wann?«

Ayse erschrak: »Oh mein Gott! Ja, hat sie. Ich hatte es vollkommen vergessen: heute!« Sie sprang auf die Beine und schlug sich mit der flachen Hand gegen die Stirn. »Verdammt, ich bin so ein Idiot! Ich habe den ganzen Tag das Telefon ausgehabt.«

»Was du nicht sagst«, bemerkte Bernstein. Ihm wurde erst jetzt bewusst, dass Ayse vom Verschwinden von Beatrice keinerlei Kenntnis haben konnte. Er brachte seine Kollegin auf den neuesten Stand.

»Oh mein Gott – da muss etwas Schreckliches passiert sein«, rief Ayse. »Was machen wir jetzt, Carl?«

»Ich schlage vor, wir machen das, was Vollblutjournalisten

wie wir in solchen Fällen zu tun pflegen: Wir recherchieren auf Teufel komm raus. Auf geht's, wer als Erster am Ufer ist!«

Und mit diesen Worten sprang Bernstein kopfüber ins Wasser.

Ayse sprang hinterher.

Eine lange Strecke kraulten sie auf gleicher Höhe.

17

Unterdessen überprüfte Rubin in der Polizeiinspektion bei einer lauwarmen Tasse Earl Grey mit einer Extraportion Milch die schriftlichen Aussagen der Seminarteilnehmer. Die Fenster zum Marktplatz waren geöffnet, doch kein Windhauch strömte herein, um für Kühlung zu sorgen.

Freitag lag auf seiner Lieblingsdecke in einer Ecke des Büros und starrte vor sich hin. Er schien müde, ein wenig erschöpft, aber das konnte täuschen. Rubin wusste, ein knappes Signal von ihm genügte, und er wäre augenblicklich für das nächste Abenteuer bereit.

Rubin blätterte durch die Papiere, er konnte allerdings in den Aussagen nichts Besonderes entdecken. Er betrachtete Bernsteins Schnappschüsse aus dem Seminar, die er Jana Cerni zugemailt hatte, und musste schmunzeln, als er die Bilder von Dr. von Rehheim sah. Was hatte Melanie Seifert, die Hotelmanagerin, über ihn gesagt? Er führe sich auf wie ein Popstar. Auf Rubin wirkte Dr. von Rehheim jedoch eher wie ein Klassenclown, der gefällige Posen mit echtem Starappeal oder gar Stil verwechselte.

Rubin betrachtete die übrigen Fotos, vor allem die Aufnahme von Birgit Schirner. Er erkannte eine tiefe Traurigkeit, die sich über das Gesicht der Cafébesitzerin gelegt hatte, ein grauer Schleier, der mit den Jahren zu einer Art zweiter Haut geworden war. Aber Rubin entdeckte noch etwas; schwer zu sagen, was genau es war. Vielleicht nur der zarte Schimmer der Hoffnung, dass ihr Leben, so wie es jetzt war, nicht immer sein würde.

Beim Betrachten der unterschiedlichen Gesichter, der zusammengekniffenen Augen, der falschen oder herzlichen Lächeln, kam er ins Nachdenken. Er fragte sich, was die Menschen in diesem Seminar suchten, speziell bei Dr. von Rehheim. Was gab er ihnen? Rubin erinnerte sich, dass seine Frau vor Jahren in der Großen Stadt an einem ähnlichen Seminar teilgenommen hatte, erstaunt darüber, dass der Seminarleiter nichts anderes lehrte, als das, was sie selbst schon immer gewusst hatte – was bloß seltsamerweise in Vergessenheit geraten war.

Das Selbstverständlichste von allem.

So einfach wie atmen.

So leicht wie ein verbummelter Sommertag unter den Zweigen eines Pflaumenbaums.

Verglichen mit dieser schwebenden Leichtigkeit erschien Rubin Dr. von Rehheim schwer und kompliziert. Nein, er war nicht locker – er erweckte lediglich den Anschein von Lockerheit. Und das war etwas ganz anderes.

Plötzlich stand Jana Cerni in der Tür. »Das habe ich eben im Flur gefunden, Chef.« Sie reichte Rubin ein Blatt Papier.

»Was heißt ›im Flur‹?«

»Im Flur heißt im Flur, Chef. Draußen auf dem Gang, meine ich. Das Blatt lag auf dem Boden.«

Es war ein Bogen Briefpapier ohne Linien, am oberen Ende war der Briefkopf abgerissen. Rubin las:

Dr. von Rehheim hat gelogen! Habe ihn gestern mit Beatrice Hofmann bei einem sehr persönlichen Gespräch überrascht. Sah nicht danach aus, dass die beiden sich erst seit wenigen Stunden kennen. Nach glückseliger Harmonie übrigens auch nicht.

Die Worte waren mit Bleistift geschrieben, und zwar in einer Weise, die viele anonyme Informanten bevorzugten, nämlich mit der falschen Hand verfasst, nicht der Schreibhand, sodass keine verräterische Charakteristik aus der Strichführung und der Schrift zu erkennen war, außer einem kindlichen Gekritzel.

»Ich danke Ihnen, Frau Cerni«, sagte Rubin.

»Ist das alles?«

»Fürs Erste, ja. Ach, übrigens, Sie können den Teilnehmern mitteilen, dass ihre Anwesenheit in Bad Löwenau nicht länger erforderlich ist. Sie können nach Seminarschluss die Heimreise antreten. Mit einer Ausnahme: An Kai Unger, den Pharmareferenten, habe ich noch Fragen.«

»Soll ich ihn in die Polizeiinspektion laden?«

»Nein, das wird nicht nötig sein, ich komme zum Hotel.«

Rubin öffnete wieder das schwarze Notizbuch und überflog noch einmal die Aufzeichnungen von Beatrice Hofmann. Das Pharmaunternehmen vita beata activa. Die Einträge über Dr. von Rehheim.

Was will ich?

Was hatte das zu bedeuten? Spielte Beatrice auf die falsche Behandlung durch Dr. von Rehheim an? Wenn ja, hatte sie vielleicht im Sinn, die Karriere des Glücksmediziners zu zerstören? Jahre später? Stand vielleicht etwas über den Ärztefehler in ihren Artikeln?

Rubin griff zum Telefon und wählte die Nummer der Zeitung in der Großen Stadt, die Jana Cerni für ihn herausgesucht hatte. Er bekam einen Redakteur an den Apparat, einen missmutigen und unsympathischen Besserwisser, der der Polizei gegenüber keine Aussagen machen wollte.

Rubin erfuhr trotzdem, dass Beatrice Hofmann eine Eigenbrötlerin war, die sich niemandem in der Redaktion anvertraut hatte und nur besondere Geschichten recherchierte. Das nervige Tagesgeschäft überließ sie den anderen.

Das verschafft ihr nicht unbedingt die Sympathien ihrer Kollegen, dachte Rubin, als er das Telefongespräch beendet hatte.

Als Nächstes rief er eine weitere Nummer aus der Großen Stadt an. Sie war im Notizbuch mit dem Hinweis »Neue Nr. Markus« vermerkt. Nach dreimaligem Klingeln sprang der Anrufbeantworter an. Eine Kinderstimme sagte: »Das ist der Anschluss der Familie Heinze: Sabine, Markus, Torgen, Matthias und Sophie. Nachrichten bitte nach dem Piep.« Und dann erschallte ein »Piep« aus vielen Kehlen, Stimmen von Kindern und von Erwachsenen. Dann Gelächter und Beifall. Zum Schluss kam aus dem Hintergrund eine männliche Stimme, die sagte: »So, Torgen, jetzt musst du –« Dann brach das Band ab. Rubin vermutete, dass Markus der Exmann von Beatrice war.

Eine Nummer fehlte noch, die Rubin unbedingt abtelefonieren wollte, eine Mobilfunknummer aus dem Notizbuch. Sie gehörte einer Freundin von Beatrice Hofmann, mit der sie allerdings, so war zu erfahren, vor einiger Zeit gebrochen hatte. Sie war Sekretärin in der Universität der Großen Stadt, im Fachbereich Medizin, und nicht gut auf die Journalistin zu sprechen.

»Sie kennt nur sich selbst und ihre eigenen Angelegenheiten«, klagte die Frau. »Sich nach Jahren der Funkstille wieder zu melden, nur weil sie an einer neuen Story recherchiert und von mir Informationen braucht – das war mir doch zu blöd!«

»Was war ihr Thema?«, fragte Rubin.

»Ein großes natürlich: Glücksmedizin und alles, was dazugehört – Betrüger, Scharlatane, Glücksritter.«

»Was genau wollte Frau Hofmann von Ihnen wissen?«

»Sie hat sich nach einem bestimmten Arzt erkundigt, der hier an der Uni sein Examen gemacht hat.«

»Können Sie sich an den Namen erinnern?

»Hm, schwierig. Moment, er hatte irgendein Tier im Namen. Ach ja, und adelig war er auch.«

»Dr. von Rehheim?«

»Ja, genau. Jetzt fällt es mir wieder ein. Der Arzt soll sich irgendwo in der Provinz niedergelassen haben und macht jetzt irgendwas mit Glücksseminaren.«

18

Bernstein eilte voraus, Ayse kam kaum hinterher.

Er fegte durch das Treppenhaus des hochmodernen Gebäudes des Bad Löwenauer Anzeigers, vorbei an den leeren Räumen der Lokalredaktion, vorbei am Büro des Chefs vom Dienst, der gerade telefonierte, und schließlich auch vorbei an der Sportredaktion.

»Und, wie haben sich unsere Rasenrecken beim Spiel der Spiele geschlagen?«

Der Sportredakteur winkte ab. »0:4 verloren. Eine Katastrophe.«

»Das gibt heute wieder ein sportliches Besäufnis.«

Mit diesen Worten flog Bernstein weiter in das leere Büro mit Raufasertapete und gelöcherter Akustikdecke, das er sich mit Ayse teilte; an Wochentagen zudem mit einer Praktikantin, die Agenturmeldungen bearbeitete. Das heißt, sie teilten es sich, wenn Bernstein überhaupt die Räume der Redaktion aufsuchte, um zu schreiben.

Er fuhr den Computer hoch und stellte das Diktiergerät auf den Schreibtisch, trank einen Schluck Wasser aus einer Flasche, die neben dem Monitor stand, und warf sich in den Schreibtischstuhl. Alles in rasender Geschwindigkeit, wie in einem einzigen Schwung.

Er trug noch immer die kurze rote Hose und das lilafarbene T-Shirt, Ayse ein olivgrünes Top und einen Wickelrock. Vom Seewasser war ihr Haar strähnig, und die schwarzen Locken waren fest und hart wie Korkenzieher.

Bernstein schaltete das Diktiergerät an und lauschte seiner eigenen Stimme, die die Einträge aus Beatrice Hofmanns Notizbuch wiedergab. Zusätzlich erklang laute Punkmusik aus den Lautsprechern des Computers:

»The world is bad, the world is sad,
the world is always kind of so so …«

Ayse setzte sich mit einem Eistee zu ihm und stellte die Musik leise, ohne dass Bernstein es bemerkte.

Bernstein tippte rasend auf die Tastatur ein.

»Wo willst du anfangen? Was suchst du?«, fragte Ayse.

»Ich will da anfangen, wo alles beginnt. Ich will Zugang zu Beatrice' Dateien im internen Netz der Zeitung in der Großen Stadt.«

Ayse starrte Bernstein fassungslos an. »Wie bitte? Was hast du vor?«

»Ich will ihre Artikel lesen, um zu wissen, welchem Bösewicht sie auf der Spur ist.«

»Du willst die Datenbank knacken? Nennst du *das* recherchieren?«

»Meine Liebe, die Wahrheit wird uns nicht auf dem Silbertablett serviert«, murmelte Bernstein, ohne den Blick vom Bildschirm zu lösen. »Sie kostet Mühen und Risiken, verlangt Mut und bisweilen auch Opfer.«

»Aber du machst dich strafbar damit«, warnte Ayse.

»Schuldig allein im Sinne der Anklage – wenn sie denn jemals erhoben wird.«

Er griff zum Telefon und wählte eine Nummer. Er kannte einen jungen Mann, den er bei Computerfragen regelmäßig kontaktierte, ein typischer Nerd mit dicker Brille, ungewaschenen Rundhalspullovern und Jeans aus dem Supermarkt, überdies hoffnungslos abhängig von Koffein, Nikotin, Tiefkühlpizzen und pappsüßen Schokoriegeln. Er war ein Freak durch und durch, der keiner festen Arbeit nachging, anscheinend auch keine sozialen Beziehungen außer zu seinem PC unterhielt, der Bernstein in der Vergangenheit jedoch immer wieder gute Dienste erwiesen hatte. »Ich werde Jo anrufen.«

Ayse verzog das Gesicht: »Wozu brauchst du diesen lebensuntüchtigen, blassgesichtigen Dauernörgler?«

»Spar dir die vollmundigen Vokabeln für deine Artikel, liebste Kollegin, und lass mich nur machen.«

Bernstein begrüßte Jo kurz und bündig. Dann öffnete er ein Computerprogramm und befolgte die telefonischen Anweisungen des Computerfreaks, bestätigte immer wieder mit »Ja«, »Okay« und »Oh, das ist brillant!«. Das ging eine ganze Weile so, in der Ayse danebensaß und kopfschüttelnd die Veränderungen auf dem Bildschirm verfolgte.

Schließlich reckte Bernstein die Faust in die Höhe. Geschafft, er war drin im Netz! Jetzt brauchte er nur noch den Zugang zu den persönlichen Dateien von Beatrice Hofmann.

»Die Wahrheit ist nur ein Passwort entfernt«, rief er.

»Und wie willst du es finden?«

Bernstein spulte sein Diktiergerät an den Anfang zurück. »Hier, das muss es sein. Die Zahlen sind es, das Datum. 9.8.1974. Ich erinnere mich, sie sind überdeutlich im Notizbuch vermerkt. Beatrice will sichergehen, dass sie sie unter allen Umständen entziffern kann. Alle anderen Notizen im Buch hat sie mit Sauklaue geschmiert, wie alle, die neunundneunzig Prozent ihrer Arbeit mit dem Computer erledigen.«

»Was soll das Datum bedeuten?«

»Ich habe keine Ahnung. Ihr Geburtsdatum ist es mit Sicherheit nicht.«

Kurzerhand und ohne weiter nachzudenken, tippte Bernstein die Ziffern in das Eingabefeld im Computer.

Er wartete einen Moment.

Dann erklang ein heller Signalton, und in roter Schrift blinkten die Worte »Zugriff verweigert«.

19

Gerade wollte Rubin zum Hotel aufbrechen, da stand Polizeiobermeister Schwarze im Türrahmen seines Büros, außer sich, bebend, aufgewühlt. Andererseits konnte er einen gewissen Stolz nicht verbergen. »Chef«, keuchte er. »Wir haben sie!«

»Wen? Beatrice Hofmann?«

»Die Leiche von Frau Hofmann, fürchte ich.«

Sie machten sich unverzüglich auf den Weg. Zu Fuß. Nur Rubin, Freitag und Schwarze.

Es ging in ein Viertel von Bad Löwenau, das in keinem Hochglanzwerbeprospekt der Stadt je genannt worden war noch in den nächsten Jahren Erwähnung finden würde.

Die Frau von vielleicht sechzig Jahren, die den Leichenfund per Telefon gemeldet hatte, erwartete schon die Polizei, in Tränen aufgelöst und unfähig zu sprechen, was offensichtlich nicht allein an ihrer Aufregung lag. Sie war ungepflegt, das Haar strähnig, die Pantoffeln fadenscheinig. In ihrem Mund fehlten etliche Zähne, und ihre Augen blickten wässrig und leer. Ein untersetzter Mann mit Halbglatze war an ihrer Seite, rauchend, in Unterhemd und kurzen Hosen. Er roch deutlich nach dem, wonach sein Bauch aussah.

Die Frau deutete stumm in eine Gasse, die an einer baufälligen Brandmauer endete. Rubin sah einen Müllcontainer mit offen stehendem Deckel. »Da drin?«

Die Frau nickte und schnäuzte sich die Nase in ein Stofftaschentuch.

Es war fürchterlich hier, das ganze Viertel bedrückend. Auch Freitag war die Gegend nicht geheuer. Seine Anspannung war aber nichts im Vergleich zu der Nervosität, die Schwarze an den Tag legte.

Vielleicht war der Mörder ja noch in der Nähe? Wer konnte das ausschließen?

Langsam und vorsichtig, mit der Waffe im Anschlag, begaben sich Rubin und Schwarze in die eng von Hauswänden gesäumte Sackgasse, in der sich Schlagloch an Schlagloch reihte. Unter den Blicken der Bewohner in den geöffneten Fenstern der heruntergekommenen Gebäude bewegten sie sich dicht an der Hausfassade entlang. Böige Fallwinde wehten einen ekelhaften Gestank zu ihnen hinüber, der Rubin wie ein gezielter Faustschlag traf. Überquellende Mülltonnen standen offen, eine war sogar umgefallen – Fischreste, Plastikmüll und verdorbenes Obst lagen verstreut auf dem Boden. Überall waren Kothaufen, von Katzen, von Hunden, vielleicht auch von Menschen, das war nicht auszuschließen. Hier hatte selbst Freitag keine Lust, Zeitung zu lesen.

Sie passierten ein ausgebranntes Autowrack. Die anderen Wagen sahen selbst unverbrannt nicht viel besser aus. Vorsichtig näherten sich die beiden Polizisten der Mauer aus Backsteinen am Ende der Sackgasse. Neben dem Container mit Bauschutt standen weitere Mülltonnen. Die beiden letzten Häuser der Straße zur Rechten und zur Linken waren besonders baufällig, aber nur bei einem waren Renovierungsarbeiten angefangen worden.

Als sie vor dem Container standen, erblickten sie etwas Rotes, das über den Rand hinauslugte. Ein Stofffetzen, ein Stück von einem Kleid. Leider konnten sie nicht in das Innere des mindestens zwei Meter hohen Containers spähen.

»Wir brauchen etwas, um draufzusteigen«, sagte Rubin, sah sich um und erblickte eine leere Bierkiste.

Schwarze brachte sie in Position und setzte vorsichtig einen Fuß darauf, die Waffe immer noch gezückt.

Er warf einen Blick in den Container.

Zur Sicherheit noch einen zweiten.

Es raschelte.

Plötzlich schnellte eine Ratte aus dem Müll empor und lief mit trippelnden Schritten davon. Schwarze schrie auf, sprang vom Kasten und schüttelte sich. Dann steckte er seine Waffe zurück in das Halfter, kletterte erneut auf die Bierkiste und griff beherzt in den Container. Er erwischte ein Bein und zog es zu sich heran.

Rubin stockte der Atem. War die Leiche etwa zerstückelt?

Doch das Bein gehörte nur zu einer Schaufensterpuppe, bekleidet mit einem ehemals eleganten roten Kleid.

»Mensch, Chef«, rief Schwarze erleichtert, »das ist bestimmt die Puppe, die beim letzten Kultursommer aus der Ausstellung von diesem Künstler aus der Großen Stadt gestohlen wurde. Da hat uns jemand einen schönen Streich gespielt.«

»Ist sonst nichts zu sehen?«, fragte Rubin.

Schwarze schüttelte den Kopf. »Nein, nichts, keine Spur von einer Leiche. Fehlanzeige.«

»Gut«, sagte Rubin und rief Freitag zu sich. Doch in seinem Herzen fühlte er sich nicht gut. Ihn überkam ein schreckliches Gefühl, dessen er sich nicht zu erwehren vermochte: Er war enttäuscht. Enttäuscht, dass sie noch immer nicht die Leiche von Beatrice Hofmann gefunden hatten. Rubin hatte es sich gewünscht. Ein fürchterlicher Wunsch. Einzig, um nicht mehr dieses grausame, unbarmherzige Phantom jagen zu müssen, das ihn wie ein wilder, geheimnisvoller Traum verfolgte.

20

»Doch, doch, die Zahlen sind der Schlüssel, Ayse. Ich bin mir ganz sicher. Doch vielleicht nicht die Ziffern selbst, sondern ihre Bedeutung«, rief Carl Bernstein und tänzelte im Redaktionsraum wie ein Boxer im Ring.

Ayse recherchierte das Datum an ihrem eigenen Rechner. »Seltsam«, sagte sie. »Es ist der Tag, an dem der amerikanische Präsident Nixon zurückgetreten ist. Der Abschluss der berühmten Watergateaffäre. Was will Beatrice denn *damit*?«

Bernstein verschränkte die Arme hinter dem Kopf. »Denk mal nach, mein Sternchen. Beatrice ist eine knallharte Journalistin, wie heißt es so schön fremdländisch? Investigative Journalistin. Sie deckt auf, enthüllt, benennt Missstände. Und sie hat, scheint es, ein großes Vorbild: die beiden mutigen Reporter, die seinerzeit die Machenschaften Nixons aufgedeckt haben. Der erste große Schlag des investigativen Journalismus gegen die Willkür der Mächtigen.«

»Ist das nicht ein bisschen weit hergeholt, Carl?«

»Nicht im Geringsten. Der Name des Bösewichts muss das Passwort sein.«

Bernstein war sogleich Feuer und Flamme für seine Idee, schwang sich auf seinen Stuhl und tippte das Wort »Nixon« in die Computertastatur.

Wieder wartete er.

Doch erneut erschien nur der unerbittliche Hinweis: »Zugriff verweigert«.

»Hölle, Tod und Teufel noch eins!«, rief Bernstein. Er wusste: Ihm blieb nur ein einziger letzter Versuch.

21

Rubin erwischte Dr. von Rehheim pünktlich zum Seminarende. Die letzten Teilnehmer verabschiedeten sich, doch der Pharmareferent war nicht darunter. Dr. von Rehheim drückte Hände und umarmte. Alle schienen selig.

Der Glücksmediziner war in Hochstimmung, wie ein gefeierter Sänger nach einem gelungenen Konzert oder ein Leichtathlet, nachdem die Spannung des Wettkampfs von ihm abgefallen war. Wieder fragte sich Rubin, was an diesem Mann echt war, und was nicht. Seine Heiterkeit wirkte aufgesetzt, wie akribisch vor dem Spiegel einstudiert.

Während Rubin von Rehheim beobachtete, entdeckte er einen scheuen, ja beinahe zaghaften Zug in seiner Miene.

Sie nahmen Platz. Freitag schlich um die Beine Dr. von Rehheims, der es sich nicht nehmen ließ, den Golden Retriever zu streicheln.

»Ich habe einige Fragen an Sie«, sagte Rubin.

»Gern, ich stehe zu Ihrer Verfügung. Wie ist der Stand Ihrer Ermittlung?«

Und auch hier, in dieser Frage, schwang etwas Scheues mit, das so gar nicht selbstbewusst wirkte.

»Warum haben Sie verschwiegen, dass Sie Beatrice schon vor Beginn des Seminars kannten?«, fragte Rubin.

Dr. von Rehheim riss die Augen auf und leckte sich die Lippen. Komisch, er unternahm nicht den geringsten Versuch zu leugnen. »Gut, ja. Ich habe einen Fehler gemacht. Ich hätte zugeben müssen, dass ich Frau Hofmann von früher kannte.«

Rubin entging nicht, dass Dr. von Rehheim die Vermisste jetzt beim Familiennamen nannte und nicht mehr Beatrice, wie vorhin während des Seminars.

»Sie haben auch damals einen Fehler gemacht«, sagte Rubin.

»Was meinen Sie?«
»Die Fehlbehandlung ihrer Magengeschwüre.«
»Das wissen Sie also auch … Gut, ein blöder Anfängerfehler.«
»Ein Fehler, der sie fast getötet hätte.«
»Das kann man so oder so sehen, Herr Hauptkommissar.«
»Erzählen Sie, was geschehen ist.«
»Nun, ich war unerfahren, hatte meine eigene Praxis erst seit einem Jahr. Da kam Frau Hofmann in einem schlechten körperlichen Zustand zu mir. Sie war sehr nervös, überarbeitet. Ernährte sich schlecht, zu viel Kaffee, rauchte Kette und aß nur unregelmäßig. Meine Untersuchungen ergaben eine Reihe von Krankheiten, die man durch eine gesunde Lebensführung und ein wenig Ruhe leicht in den Griff bekommen konnte. Mit Ausnahme der Magengeschwüre. Sie hatte mehrere davon, die ihr heftige Beschwerden verursachten. Ich las damals über eine besondere Heilmethode aus den USA. Studien belegten, dass dieses Verfahren, eine Mischung aus mentaler Suggestion und einer strengen Diät, eine Operation vermeiden und die Beschwerden verschwinden lassen konnte. Ich besprach mit Frau Hofmann die Details. Sie war einverstanden, aber auch nicht ganz ehrlich zu mir. Sie hielt sich nicht konsequent an meine Therapie und probierte immer wieder eigenmächtig Medikamente aus, von denen sie irgendwo gelesen hatte. Sie war eine schwierige Patientin.«
Dr. von Rehheim senkte den Blick, seine Augen waren trüb. Rubin glaubte seinen Worten, aber er spürte auch, dass das noch nicht alles war. »Dann kam es zu dem Zusammenbruch«, half er ihm auf die Sprünge.
»Ja. Sie war in einem wirklich schlechten körperlichen Zustand. Mir waren allerdings die Hände gebunden, denn ich konnte nicht mehr tun, als das Heilverfahren zu überwachen. Ich konnte sie schließlich nicht zwingen, Diät zu halten. Ihre Schmerzen wurden schlimmer, und eines Tages waren sie so stark, dass sie das Bewusstsein verlor. Dem Notarzt konnte

sie beim Erwachen nur sagen, dass sie unter Magengeschwüren litt. Eine Magenspiegelung brachte die Wahrheit zutage: Zwei Geschwüre hatten die Magenwand bereits perforiert. Es musste sofort operiert werden. Eine Operation, die sie fast getötet hätte. Sie brauchte lange, um sich zu erholen.«

»Hatten Sie danach noch Kontakt zu ihr?«

Dr. von Rehheim antwortete nicht gleich. »Ich habe sie angerufen, wieder und wieder. Sie hat entweder nicht abgenommen oder sich verleugnen lassen.«

Freitag war die ganze Zeit im Raum auf und ab getappt, auf der Suche nach schönen Dingen zum Apportieren. Jetzt hatte er einen Filzstift gefunden, der auf dem Boden vergessen worden war. Er brachte ihn Rubin mit sichtlichem Stolz auf seine Entdeckung. Rubin sagte streng: »Sitz!« Dr. von Rehheim schien nicht wahrgenommen zu haben, dass Freitag zwischen sie gelaufen war.

»Und in Ihrem Seminar haben Sie sich zum ersten Mal nach Jahren wiedergesehen«, fuhr Rubin fort.

»Das ist richtig. Ich war überrascht, Frau Hofmanns Namen auf der Teilnehmerliste zu lesen. Sehr überrascht.«

»Haben Sie mit Frau Hofmann über die Vergangenheit gesprochen?«

»Ja, aber nur kurz.«

»Wann?«

»Ich glaube, es war am Samstagabend in Pits Pinte.«

»Sind Sie sicher?«

Dr. von Rehheim ließ sich auf dem Stuhl zurückfallen und dachte nach. Dann nickte er.

Rubin war nicht überzeugt. »War es nicht vielmehr während einer Pause hier im Hotel am Samstagnachmittag?«

»Was wollen Sie damit sagen?«

»Sie haben sich mit Frau Hofmann auf dem Flur lebhaft unterhalten und das Gespräch mit einer Umarmung beendet. Daran haben Sie keine Erinnerung?«

Was war das? Dr. von Rehheim errötete, fast wie ein Fünfzehnjähriger, den man bei einem heimlichen Kuss beobachtet hatte.

»Woher wissen Sie das, Herr Hauptkommissar?«

»Tut das etwas zur Sache?«

Dr. von Rehheim kniff die Augen zusammen.

»Ach, ich weiß schon, wer die Plaudertasche ist. Dr. Charlotte Hagel. Sie setzt alles daran, mich in ein schlechtes Licht zu rücken.«

»Was soll das für ein schlechtes Licht sein, wenn man einen anderen Menschen umarmt?«

Dr. von Rehheim wollte allem Anschein nach auf Rubins Worte nicht eingehen. »Dr. Hagel hat ein ganz konkretes Interesse daran, meine Reputation in den Dreck zu ziehen. Wussten Sie, dass sie eine Konkurrentin von mir ist? Sie gibt auch ein Glücksseminar, in der Stadt. Deswegen war sie dieses Wochenende hier. Um mich auszuspionieren. Aber ich fürchte, sie ist trotz aller Mittel, die sie einsetzt, nicht halb so erfolgreich wie ich. Das ist ein Pfahl in ihrem Fleische.«

Rubin entdeckte einen bitteren Zug um den Mund des Doktors. Er war nun weit von der selbstsicheren Haltung entfernt, die er am Vormittag vor den Teilnehmern seines Seminars zur Schau gestellt hatte.

»Worüber haben Sie mit Frau Hofmann gesprochen?«, wollte Rubin wissen.

»Über die Vergangenheit. Sie hat mir verziehen. Wir haben einen Schlussstrich gezogen.«

»War das alles?«

Dr. von Rehheim stutzte. »Was meinen Sie?«

»Haben Sie auch über das Seminar gesprochen?«

»Ja, natürlich. Wir haben einige meiner Thesen besprochen, die sie als Binsenweisheiten abgetan hat. Aber –«

»Hat Frau Hofmann nichts von einer geplanten Artikelserie erzählt?«, fiel ihm Rubin ins Wort.

Dr. von Rehheim antwortete nicht sofort, und Rubin sah deutlich, dass er sich die Antwort zurechtlegte.

»Nein, nicht direkt. Aber bei Journalisten ist es ja immer so, dass sie irgendeinen Artikel schreiben wollen. Zumal bei einer so ehrgeizigen Vertreterin ihrer Zunft wie Frau Hofmann.«

»Sie hat über das Geschäft mit dem Glück geschrieben«, verriet Rubin.

»Ich habe Ihnen ja schon heute Vormittag gesagt: Beatrice hatte eine seltsame Vorstellung von Glück.«

»Die Sie nicht teilen, vermute ich.«

»Nicht ganz, Herr Hauptkommissar. Aber wie heißt es so schön: Jeder ist seines eigenen Glückes Schmied.«

Er begann, seine Gedanken mit Studien und Statistiken zu belegen. Während er einige Zahlen aneinanderreihte, gewann er zusehends seine Selbstsicherheit zurück. Doch Rubin wollte von Zahlen nichts hören. Er rief Freitag herbei, der wieder etwas entdeckt hatte, und machte Anstalten, sich zu erheben.

»Eine Frage hätte ich noch«, sagte Rubin und ließ sich wieder auf den Stuhl zurücksinken. »Sie sagten, Sie seien am Samstagabend mit einigen Teilnehmern, darunter auch Frau Hofmann, in Pits Pinte gewesen. Bis wie viel Uhr?«

»Schätzungsweise bis elf.«

»Was haben Sie danach gemacht?«

»Ich bin nach Hause gegangen.«

»Waren Sie dort allein?«

Dr. von Rehheim zögerte die Antwort heraus. »Meine Freundin war bei mir.«

»Die ganze Nacht? Entschuldigen Sie, aber ich muss das fragen.«

»Wollen Sie etwa behaupten, dass ich –«

»Ich behaupte gar nichts. Ich stelle Fragen. Also?«

Er atmete tief durch und vermied jeden Blickkontakt mit Rubin. »Ja, die ganze Nacht. Wollen Sie auch ihren Namen wissen?«

Rubin nickte.
»Sonja Klein. Sie ist Krankenschwester in der Kurklinik. Wenn Sie möchten, kann ich Ihnen die vollständige Adresse geben.«
Rubin wehrte ab. »Nicht nötig, wenn ich weitere Fragen habe, komme ich auf Sie zurück.« Er stand auf und sagte etwas lauter: »Freitag, auf jetzt!«
Der Golden Retriever schnaubte zufrieden und gehorchte aufs Wort.

22

Bernstein trommelte mit den Fingerkuppen auf der Tischplatte, es klang mehr nach einem Marsch als nach Punkrhythmus.

»Welch ein kruder Fehler! Selbstverständlich ist das Passwort nicht der Bösewicht«, sagte er. »Der Böse ist nur der Auslöser für etwas weit Bedeutenderes. Wie dumm von mir, dass ich Beatrice unterschätzt habe.«

»Wieso unterschätzt?«, fragte Ayse.

»Die Nixons unserer Welt kommen und gehen. Gestern waren es Hitler oder Stalin, heute heißt er Assad. Morgen kommt vielleicht ein Heinz Krause daherspaziert oder irgendein pausbäckiger Nordkoreaner mit einsilbigen Namen, der die Menschen zum Narren halten will. Nein, die Schurken sind alle gleich, ihre Methoden sind dieselben, überall auf der Welt. Schurken sind banal. Das interessiert Beatrice nicht. Sie hat etwas Höheres im Sinn: Sie will die Wahrheit hinter den Mistkerlen. Deshalb ist sie Journalistin geworden. Nicht die schlechteste Motivation, wie ich finde. Und darum ist das Sesam-öffne-dich ihrer Arbeiten nicht der Name eines Gestürzten, sondern der Name der Aktion, die die Wahrheit enthüllt hat.«

»Watcrgatc«, sagtc Aysc.

Bernstein nickte. »Nur zu, meine Schöne. Ich lasse dir den Vortritt. Tipp die Worte ein, wir stehen kurz vor der Lösung.«

Ayse zögerte, es schien ihr nicht geheuer. Doch dann begann sie, das Wort in die Tastatur einzugeben, verfolgte nicht weniger gespannt als Bernstein die Veränderungen auf dem Bildschirm.

Kein Signalton erklang.

Dann verschwand die Eingabemaske, und ein Dokumentenverzeichnis erschien. Bernstein klatschte in die Hände und drückte Ayse an sich.

Schon ein erster Blick auf die Dateien von Beatrice Hofmann bestätigte, was Rubin und Bernstein bereits geahnt hatten. Sie schrieb an einer Artikelserie zum Thema Glück und Wellness. Sie war so gut wie fertig. Der Titel der Reihe, die in drei Folgen erscheinen sollte, lautete: *Das große Geschäft mit dem Glück.*

Im ersten Artikel, überschrieben mit »Die Masseure des Glücks«, durchleuchtete Beatrice diverse Wellnessangebote und suchte nach deren Sinn. Doch sie gelangte zu keinem wohlwollenden Fazit. Bernstein musste schmunzeln, als er Zwischenüberschriften wie diese las: »Streicheleinheiten für die gut Betuchten«, »Wellness, das neue Opium fürs Volk – allerdings nur mit Kreditkarte« oder »Grenzenloses Wohlfühlglück: genießen und die Schnauze halten«.

Teil zwei trug den Titel »Die Kasper des Glücks« und behandelte den Boom von Glücksseminaren, Humorcoachings und Motivationskursen. Auch hier ging Beatrice nicht zimperlich vor, und ein Name tauchte in ihrem Bericht immer wieder auf: Dr. von Rehheim. Sie schilderte den beruflichen Werdegang des Glücksmediziners und beschrieb seine Methode, »eine Mischung aus Populärwissenschaft und Kalauern«. Sie kritisierte ihn scharf für seine naive Wissenschaftsgläubigkeit, sprach ihm aber den ehrlichen Willen zu, den Menschen helfen zu wollen. »Er ist ein Kasper, aber ein guter«, schrieb sie. Der Artikel wies noch einige Lücken auf. Bernstein begriff, dass sie nach Bad Löwenau gekommen war, um sie zu schließen.

Der dritte Artikel hieß »Die Alchimisten des Glücks«. Darin ging es um Glücksmedizin und die pharmazeutische Industrie, die den Markt mit Medikamenten zur Steigerung des allgemeinen Wohlbefindens überschwemmte. Beatrice Hofmann ging hier überraschend behutsam vor. Sie unterschied genau zwischen den Herstellern von Psychopharmaka, die in den meisten Fällen seelisch Leidenden zu einem besseren Leben verhelfen konnten, und den »adretten Alchimisten des Glücksversprechens«. Hier wurde sie rabiater und nannte Namen, und einer tauchte mehrmals auf: das Pharmaunternehmen vita beata activa. Beatrice lieferte zahlreiche Beweise, dass sich die Firma durch gefälschte oder geschönte Expertisen Zugang zum Medikamentenmarkt verschafft hatte, und nannte konkrete Studien, die gefälscht worden waren. Eines der Institute war mittlerweile insolvent. Für Bernstein war der Name nicht neu, er kannte ihn bereits von Iris Adler: Laotse Inc.

Besonders im Visier hatte Beatrice Hofmann das neueste Produkt von vita beata activa, die sogenannte Wellnesspille »light & free«. Sie zitierte unabhängige Untersuchungen, die zu demselben Ergebnis gekommen waren wie die Analyse von Iris Adler: Das teure Medikament war ein reines Placebo in schicker Aufmachung. Als die Journalistin den Pharmareferenten und Mitgeschäftsführer Kai Unger kontaktierte und mit den Ergebnissen konfrontierte, verweigerte dieser zunächst eine Antwort und wies dann, in einem kurzen Statement, die Anschuldigungen samt und sonders zurück.

Beatrice beendete ihren Artikel mit einer schrecklichen Enthüllung: Obwohl die wenigen Wirkstoffe keinen nachweisbaren Nutzen besaßen, verursachten die Glückspillen »light & free« erhebliche Nebenwirkungen aufgrund von Verunreinigungen des Trägerstoffes. Reste von Asbest, Pestiziden und Formaldehyd waren bei den Labortests in den Substanzen entdeckt worden, die auf unsaubere Produktionen in sogenannten Niedriglohnländern zurückzuführen waren. Gesundheitliche Probleme träten bei regelmäßiger Einnahme bereits nach wenigen Wochen auf: Schwindelgefühl, Unwohlsein, Magenkrämpfe und Muskelzittern.

Sie belegte ihre Ergebnisse mit dem mutigen Selbstversuch einer Unbekannten. Eine Frau mit Namen Claudia M. habe eine Vielzahl von Medikamenten und Präparaten ausprobiert, die das Leben schöner machen sollten, vor allem die Glückspille »light & free«, dazu als harmlos eingestufte Abführtabletten, um schlank zu bleiben, Appetitzügler und schließlich Hautcremes zur nachhaltigen Reduktion von Falten. Die Probandin ließ ihren gesundheitlichen Niedergang von zwei Ärzten begleiten, die sie schließlich zum Abbruch des Experiments zwingen mussten. Beatrice Hofmann ließ durchblicken, dass die körperlichen Schädigungen von Frau M. irreversibel sein könnten.

»Meiner Treu!«, rief Bernstein und rieb sich das Kinn. »Da will es jemand aber ganz genau wissen. Das nenne ich Einsatz mit Haut und Haar.« Er hatte keinen Zweifel, dass sich hinter dem Namen Claudia M. niemand anderes als Beatrice selbst verbarg.

»Und was fangen wir jetzt mit diesen Informationen an?«, fragte Ayse.

Bernstein stutzte. »Was für eine Frage. Wir führen fort, was die werte Kollegin angefangen hat, meine Perle.«

Und damit schloss er die Seite mit den Daten von Beatrice Hofmann und öffnete sein eigenes Programm. Er stellte das Lied, das gerade lief, lauter und begann zu tippen. Er schrieb im Rhythmus der Musik, folgte dem Takt seiner Gedanken, die mit den Aufzeichnungen von Beatrice verschmolzen und ineinanderflossen wie Strophe und Refrain, Strophe und Refrain, immer wieder, unablässig.

Er stellte den Player auf Wiederholung. Er wollte nur diesen einen einzigen Song hören:

»The world is bad – let's go!«

23

Im Licht des späten Nachmittags schimmerte der Marktplatz wie eine alte Fotografie in verwittertem Sepiabraun. Um den Brunnen herum war es ruhiger geworden, das meiste Heilwasser des Tages war geschöpft. Bei »Da Ricardo« allerdings war man von Ruhe so weit entfernt wie der VFL Bad Löwenau vom Gewinn der Deutschen Fußballmeisterschaft. Es gab keine Minute der Stille zwischen Mittags- und Abendessenszeit. Ricardo lief zwischen Tischen und Stühlen auf und ab, servierte Pizza und Salate, Bardolino und Frascati. Er hatte bereits das zweite Hemd durchgeschwitzt. Es würde nicht sein letztes für diesen Tag sein.

Verglichen mit dem Treiben bei Ricardo waren die Sitzgarnituren des Café Schirner beinahe verwaist. Nur hier und da saß Kundschaft bei einem Kännchen Kaffee und einem Stückchen Astkuchen. Zumeist waren es Touristen in vorgerücktem Alter, für die der Kaffeehausbesuch zu einem gemütlichen Tag in der Kurstadt einfach dazugehörte.

Rubin sah, wie Bernd Schirner, der Besitzer des Cafés, die leeren Reihen abschritt und zu Ricardo herüberschielte, unschlüssig, ob er grollen oder lächeln sollte. Er entschied sich für Letzteres und tat es säuerlich. Doch selbst das falsche Lächeln erstarb augenblicklich auf seiner Miene, und er verzog sich wieder grimmig nach innen.

Es konnte keinen Zweifel geben: Dem Café ging es finanziell nicht gut. Dabei war das heute noch ein brauchbarer Tag. Es hatte schon weit schlimmere Zeiten gegeben. Kurz nachdem bekannt geworden war, dass der Sohn des Hauses, Frank, den Geliebten seiner Freundin Serkan mit Arsen vergiftet hatte, war die Lage katastrophal gewesen. Zu Recht, wie die meisten fanden. Einheimische setzten keinen Fuß mehr in das

Café, zumindest diejenigen, die den Mord an einem Mitbürger türkischer Abstammung missbilligten.

Erst Wochen nach dem Vorfall war eine leichte Erholung eingetreten: durch das Vergessen und die natürliche Inkonsequenz, die zu unserem Leben dazugehört.

Allerdings strömten nach wie vor Touristen in das Café, die nichts von der Geschichte wussten und denen es letztlich auch gleichgültig war, wer ihnen den Kaffee servierte, solange er schmeckte.

Rubin war mit Freitag auf dem Weg ins Café Schirner, um Vitali zu sprechen. Igor hatte für ihn einen Termin mit seinem Neffen vereinbart: »Ist Ehrensache, sage ich Bescheid Neffe.« Vitali war nach der Inhaftierung des Sohnes Frank der neue Bäcker im Hause Schirner geworden, weil Bernd Schirner Igor einen Gefallen geschuldet hatte. Er hatte während der Ermittlungen um den Toten im Brunnen versucht, Bernstein mit Hilfe des Russen einzuschüchtern. Er hatte in der Vergangenheit das eine oder andere Mal auf die Dienste des Russen zurückgegriffen, um, wie er sich ausdrückte, »eine Sache zu klären«. Doch Igor hatte Bernstein nichts getan. Stattdessen hatte er Schirner jetzt in der Hand, weil er ihn wegen Anstiftung zur Körperverletzung jederzeit anzeigen konnte. So hatte Igor die Schieflage Schirners ausgenutzt, um seinen Neffen Vitali in Brot und Lohn zu bringen. Zähneknirschend hatte Schirner akzeptieren müssen.

Rubin wurde von Birgit Schirner an der Verkaufstheke empfangen. Ihre Augen waren gerötet, und sie sah älter und kümmerlicher aus als auf dem Foto vom Morgen. »Vitali ist noch in der Backstube«, sagte sie leise und führte Rubin in den hinteren Teil des Cafés.

In diesem Moment trat ihr Mann aus dem Büro. Als er Rubin erblickte, verdüsterte sich seine Miene. Doch anstatt Rubin zu fragen, was er wollte, starrte er nur seine Frau an: »Was ist das jetzt schon wieder hier?«

Seine Frau wollte ihm gerade erklären, dass Rubins Besuch nichts mit ihnen zu tun hatte, da fiel ihr Bernd Schirner grimmig ins Wort: »Komm mit, ich muss dir etwas zeigen.«

Birgit warf Rubin einen verzweifelten Blick zu.

»Ich werde die Backstube schon allein finden«, sagte er.

Bei den Worten horchte Bernd Schirner auf. »Backstube? Hat der Russe was ausgefressen?«

Rubin sagte nichts.

Schirner runzelte die Stirn. »Komm jetzt«, herrschte er seine Frau an.

Sie senkte den Blick und fügte sich. Kurz darauf schlossen sie die Tür des Büros hinter sich.

Rubin hatte kein gutes Gefühl, dennoch setzte er langsam seinen Weg fort.

Freitag fiepte. Für die Nase des Golden Retrievers war das Café ein Sammelbecken an Gerüchen, darunter auch einige unangenehme. Abgestandene Luft, die Ausdünstungen von uraltem Mobiliar, vielleicht auch Schimmel.

Am Ende des Flures gingen zwei Türen ab. Eine war eine schwere Metalltür. Darauf befand sich ein Schild mit der Aufschrift »Betreten verboten«. Das musste die Backstube sein, in der die berühmte Bad Löwenauer Spezialität nach altem Geheimrezept gebacken wurde – der Astkuchen.

Rubin trat näher und wollte gerade die Türklinke herunterdrücken, als er hinter sich dumpfe Stimmen hörte. Es klang nach einem Streit. Rubin wandte sich um, ging zurück und blieb nur wenige Schritte von der Bürotür entfernt stehen. Dort wurde er Zeuge eines heftigen Wortwechsels. Was genau das Thema war, konnte er nicht verstehen, doch er hörte fast ausschließlich die Stimme Schirners. Dann ein Schluchzen. Gegenstände fielen, ein Aufschrei Birgits. Ein dumpfer Schlag, dann höhnisches Lachen.

Rubin riss die Tür auf. Schirner hatte seine Frau an den Handgelenken gepackt. Die Bürotür schlug gegen einen offen stehenden Schrank. Birgit Schirner unternahm keinen Versuch, sich aus der Umklammerung zu lösen. Rubin sah ihr schmerzverzerrtes Gesicht. Bernd Schirners Gesicht war hochrot, eine verzerrte Grimasse der Wut und der Selbstgerechtigkeit. Rubin sprang zwischen das Ehepaar und stieß Schirner von seiner Frau los.

»Was erlauben Sie sich, Herr Hauptkommissar? In meinem Haus bin noch immer ich der Herr!« Schirner schlug zu, mit aller Kraft, doch er traf Rubin, der rechtzeitig auswich, nur leicht am Arm.

Birgit schrie und weinte. Rubin war nicht gewillt, die Tätlichkeit hinzunehmen; er setzte zu einem Gegenschlag an und streckte Schirner mit einer harten Rechten gegen die Brust auf den Bürostuhl, auf dem er stöhnend und nach Luft ringend niedersank. Er keuchte, ballte beide Fäuste und stieß eine Tasse mit Kaffee um.

Rubin sah jetzt, dass Birgits linke Wange rot angelaufen war. Ihr linkes Auge tränte.

Schirner schrie: »Du Traumtänzerin! Willst dich selbst verwirklichen in diesem Deppenseminar für reiche Tussis!«

»Bitte, sag nichts«, flehte Birgit mit heiserer Stimme. »Bitte!«

»Wolltest mit den großen Hunden pissen gehen, he?«

»Ich flehe dich an, beruhige dich, Bernd!«

»Dir einen schönen Tag machen, und hier ist die Hölle los bei diesem Wetter.«

Rubin wunderte sich.

»Aber ich konnte doch nicht wissen, dass heute so ein schöner Tag sein würde. Ich bin doch schon seit Monaten angemeldet«, entschuldigte sich Birgit und versuchte, ihrem Mann auf die Beine zu helfen. Sie, deren Wange immer röter wurde und auf deren Handgelenken sich allmählich dunkle Male abzeichneten, die Schirners Klammergriff hinterlassen hatte.

Rubin hatte die ganze Zeit über beobachtet, wie die Frau

sich vor ihrem Gatten erniedrigte. Warum tat sie das? War sie so erzogen worden? Oder verlangte ihr Mann das von ihr?

Rubin wollte nicht länger tatenlos zusehen. »Stehen Sie auf, Herr Schirner«, forderte er. »Sie werden sich für Ihr Verhalten verantworten müssen.«

Schirner blickte Rubin scharf an, hasserfüllt.

Doch dann geschah etwas Seltsames. Birgit wurde plötzlich sehr ruhig und sagte mit Bedacht und sehr eindringlich: »Ich flehe Sie an, Herr Rubin, lassen Sie es gut sein. Sind Sie verletzt? Hat mein Mann Sie hart getroffen?«

Rubin verneinte.

»Dann bitte, lassen Sie es diesmal auf sich beruhen. Bernd hat es im Grunde gut gemeint. Er wollte Ihnen nichts Böses.«

Schirner saß noch immer und lauschte den Worten seiner Frau mit versteinerter Miene.

Rubin spürte Birgits Verzweiflung, die längst schon eine Form der Selbstaufgabe geworden war. Er begriff. Ihre Teilnahme an dem Glücksseminar war ein erster Schritt in Richtung ihrer Befreiung gewesen. Rubin hatte sie an diesem Morgen mit traurigen Augen im Seminar sitzen sehen. Und doch, da war auch eine Leichtigkeit und eine stille Freude auf ihrem Gesicht gewesen. Die Freude, die ein Mensch empfindet, wenn er, wenn auch nur für Augenblicke, von dem Gefühl erfüllt ist, an genau dem Ort zu sein, an dem er sein möchte.

Schirner richtete sich auf. Das Ehepaar stand sich gegenüber. Wortlos, mit leeren Blicken. Die zertrümmerten Zeugen des Streits lagen verstreut am Boden, eine zerbrochene Tasse, dazu die Flecken von abgestandenem Kaffee.

Rubin verließ den Raum ohne ein weiteres Wort.

Vitali war vom Typ her wie sein Onkel Igor, bloß sprach er lupenreines Hochdeutsch. Er war im Begriff, Feierabend zu machen, als Rubin eintrat. Die Backstube mit den gekachelten Wänden war sauber und aufgeräumt.

»Der Mann ist einfach nur herumgelaufen«, antwortete Vitali auf Rubins Frage, wie Kai Unger, den er »beschattet« hatte, den Samstagabend verbracht hatte.

»Wie meinen Sie das, herumgelaufen?«

»Einfach hin und her, ohne Ziel.«

»Und Sie sind ihm gefolgt?«

Vitali nickte.

»Hatten Sie den Eindruck, er suche etwas?«

»Es sah so aus, als hätte er etwas verloren.«

»Was?«

Der junge Mann zuckte mit den Schultern.

»Suchte er jemanden?«

»Woher soll ich das wissen?«

»Ging er vielleicht in eine Kneipe?«

»Nein.«

»War er die ganze Zeit auf der Straße?«

»Ja.«

»Das ist seltsam«, sagte Rubin. »Sind Sie sicher, dass er Sie nicht bemerkt hat?«

Der russische Bäcker grinste und sah dabei ganz wie Igor aus, nur in jünger. »Todsicher, Herr Hauptkommissar. Aber das ist alles. Kann ich jetzt gehen? Ich habe Feierabend, und außerdem wartet Ludmilla auf mich.«

Rubin nickte.

Der junge Mann packte seinen Rucksack und verließ mit Rubin durch die Hintertür das Café.

24

Bernstein trug eine schwarze Lederjacke und verwaschene Jeans. Seine Füße steckten in flachen Wildlederschuhen, die er in Andalusien in einem Bergdorf der Sierra Nevada in der Nähe von Granada erstanden hatte. Das weiße Hemd mit dem weit geöffneten Kragen brachte seine gebräunte Haut zur Geltung. Er hatte die Haare gegelt und ordentlich zerzaust.

Sie saßen bei Ricardo. Diesmal hatten sie Glück gehabt, denn sie hatten einen der letzten Außentische in Blau und Schwarz bekommen. Rubin konnte von seinem Platz aus über Bernsteins Schulter hinweg direkt auf die matt schimmernde Fassade der Adler-Apotheke blicken.

Der Himmel über Bad Löwenau hatte sich bereits abendlich verfärbt. Am Horizont waren Wolken aufgezogen. Noch immer herrschte eine sommerliche Wärme, und auf den Gesichtern der Gäste lagen Entspannung, Zufriedenheit und der Glanz der Leichtigkeit des Seins, wie er sich einzig an lauen Sommerabenden entfalten kann.

Rubin und Bernstein hatten Fisch, Freitag ein Schweinsohr.

»Wolle wieder keine Gluckssalate? Habe isse ganz besonders gute gemachte, *amici*«, hatte Ricardo zuvor versucht, seine neueste Kreation anzupreisen, doch war er damit erneut auf taube Ohren gestoßen.

Zanderfilet in Butter mit Folienkartoffeln und frischer Petersilie war einfach besser.

Bernstein schob den Rapport seiner neuen Erkenntnisse bewusst hinaus, bis zum Beginn des Essens mit Weißwein. Er wollte feierlich verkünden, was er wusste.

Rubin hörte gebannt zu, während er sein Messer durch das zarte Fischfilet gleiten ließ. Er unterbrach seinen Freund nicht, sondern dachte nur nach und verglich mit dem, was er selbst erfahren hatte. Erst als Bernstein geendet hatte, stellte er die Frage, die ihm die ganze Zeit schon unter den Nägeln brannte: »Und woher weißt du das alles?«

Bernstein ergriff sein Glas mit dem eiskalten Weißwein und hob es in die Höhe: »Das Ergebnis einer abenteuerlichen Recherche. Ich bin zu der einzig verlässlichen Quelle aufgebrochen!«

Er berichtete ausführlich, wie er das Redaktionssystem der Zeitung gehackt und das Passwort geknackt hatte.

»Du hast *was* gemacht?«, rief Rubin fassungslos.

»Ich bin der Wahrheit auf den Grund gegangen.«

»Aber doch nicht so! Du hast dich strafbar gemacht.«

»Hilft uns die Wahrheit weiter, oder tut sie es nicht?«

Rubin schüttelte den Kopf. Er ging die möglichen Konsequenzen durch, die die Aktion für Bernstein haben konnte. Und für ihn.

»Du bist einen Schritt zu weit gegangen, Bernstein«, sagte er, und seine Stimme zitterte. In diesem Zittern lag Enttäuschung, aber auch Zweifel, ob er Bernstein weiterhin vertrauen konnte. In welche Teile der Ermittlung konnte er ihn überhaupt noch einweihen? Konnte Rubin sicher sein, dass Bernstein nicht wieder am Gesetz vorbei seine eigene Untersuchung betrieb?

»Bei allen Detektiven und Inspektoren! Jetzt sei doch nicht eingeschnappt.« Bernstein verdrehte die Augen.

»Du vergisst, dass ich das Gesetz vertrete. Du hast mir gerade eine Straftat gestanden. Erwartest du, dass ich darüber in Begeisterungsstürme ausbreche?«

»Du könntest einfach Danke sagen.«

»Bernstein, dir ist der Ernst der Lage nicht bewusst.«

»Wer weiß denn davon, außer dir, mir und meiner zauberhaften Kollegin Ayse? Wo kein Kläger ist, ist auch kein Richter. Es sei denn, du willst mein Richter sein.«

Sie sahen sich an, tief und fest, hielten eisern dem Blick des anderen stand. Keiner der beiden würde so leicht nachgeben. Es war wieder genau wie früher. Wenn sie als Jungen gestritten hatten, und das war häufig vorgekommen, hatten sie den Streit auf dieselbe Weise beendet. Sie hatten sich einfach angestarrt – keine Worte, keine Argumente, nur ein einfaches Spiel: Wer zuerst wegguckt, hat verloren.

Bernstein zuckte nicht, und auch Rubin blinzelte kein einziges Mal. Er dachte nach. Hatte Bernstein nicht tatsächlich eine wichtige Wahrheit über Beatrice Hofmann zutage gefördert? Und hatte er nicht auch die Wahrheit über das gesagt, wie er an die Informationen herangekommen war? Bernstein hätte mühelos eine kleine Lüge erfinden, hätte die Wahrheit ein klein wenig dehnen können, und Rubin wäre alles unverdächtig erschienen. Doch genau das hatte Bernstein nicht getan. Er hatte nicht gelogen.

Schließlich senkte Rubin den Blick, fast gleichzeitig ergriff er sein Glas. »Also gut, dann an die Arbeit, Bernstein.«

»Nichts lieber als das, alter Räuberhauptmann!«

25

Es hätte einfacher nicht sein können: Kai Unger, der Pharmareferent, saß nur wenige Meter entfernt beim Abendessen. Nachdem Bernstein zu Pits Pinte, dem Pub von Bad Löwenau, aufgebrochen war, setzte sich Rubin an Ungers Tisch.

Freitag beschnupperte den Mann ein wenig, aber ohne größeres Engagement, dann legte er sich auf dem Pflaster ab und döste vor sich hin.

Kai Unger, der am Morgen noch gewandt und selbstsicher agiert hatte, zeigte jetzt Zeichen von Nervosität. Nicht, dass er weniger selbstbewusst erschien, es war nur eine unerklärliche Fahrigkeit in seine ansonsten ruhigen Gesten gekommen. Schweißperlen standen auf seiner Stirn, und er atmete schwer.

»Sie haben mich also im Verdacht, Herr Hauptkommissar, dass ich für das Verschwinden von Frau Hofmann verantwortlich sein könnte.«

»Wie kommen Sie darauf?«

»Ich bin der Einzige der auswärtigen Seminarteilnehmer, der Ihre schöne Kurstadt nicht verlassen darf«, antwortete er freundlich und herausfordernd zugleich.

»Ich habe ein paar Dinge mit Ihnen zu klären. Danach können Sie gehen.«

»Nur zu! Meine ersten Termine morgen früh habe ich ohnehin bereits verschoben.«

Ricardo erschien und machte Anstalten, die Teller mit Pizzaresten und Salat abzuräumen. Er sah, dass Rubin bei der Arbeit war, und versuchte, sich so unauffällig wie möglich zu verhalten. Was ihm nicht sehr überzeugend gelang. »*Prego*, wasse wolle noch trinke, *signori*?«

»Was trinken Sie, Herr Rubin?«

»Christophe bestimmt wolle a schöne Biere«, antwortete Ricardo für Rubin.

Der Hauptkommissar nickte, und der Pharmareferent schloss sich an.

»*Bene*, zwei schone Bad Löwenauer Bier, allzeit gesunde.«

Und weg war er wieder.

»Sie haben ausgesagt, dass Sie Beatrice Hofmann vor Beginn des Seminars nicht kannten«, sagte Rubin.

Kai Unger bestätigte mit einem Nicken.

»Aber ich weiß, dass Frau Hofmann mit Ihnen in Kontakt stand. Es ging um Expertisen für eines Ihrer Produkte.«

Kai Unger schlug die Beine übereinander. »Ich weiß, worauf Sie anspielen. Frau Hofmann arbeitet an einer Artikelserie über Kurstädte und deren Leistungen.«

»Hat sie Sie deshalb kontaktiert?«

»Das hat sie mir zumindest in einer Seminarpause erzählt. Klingt ganz schön spannend, bin schon neugierig auf die Artikel. Doch ich muss Sie enttäuschen. Wie ich bereits wahrheitsgemäß sagte, hatten wir tatsächlich vor Seminarbeginn keinen Kontakt. Frau Hofmann hat bezüglich einer Reihe von Studien über ihre Redaktion einen Termin mit mir vereinbaren wollen, doch ich hatte viel zu tun und habe nie persönlich mit ihr gesprochen.«

Seine eigenen Worte schienen ihn zu beruhigen. Er wirkte jetzt weniger nervös als noch vor Minuten, wenn auch noch genauso kurzatmig. Unablässig spielte er am rechten Manschettenknopf seines Hemdes. Wie am Morgen trug er lange Ärmel.

»Kennen Sie Details über die Vorwürfe gegen Ihr Unternehmen?«

»Ja, durchaus, sie sind mir bekannt. Ich gebe zu, sie haben in letzter Zeit in der Branche ein wenig für Wirbel gesorgt, weil eines der Institute, mit denen wir zusammenarbeiten, Laotse Inc., Insolvenz anmelden musste. Und jetzt versuchen unsere Mitbewerber, uns daraus einen Strick zu drehen. Es ist das übliche Spiel. Der pharmazeutische Markt ist hart umkämpft.«

Ricardo erschien mit dem Bier. Er fasste sich erstaunlich kurz: *»Lasse schmecke!«*

Kaum war er weg, sagte Rubin: »Sie haben mit Frau Hofmann ein längeres Gespräch geführt. Worum ging es dabei?«

Kai Unger nahm einen Schluck von dem kühlen Getränk und wischte sich anschließend mit dem Handrücken über die Lippen. »Woher wollen Sie wissen, dass wir uns länger unterhalten haben?«

»Es gibt Zeugen, die Sie beide im Stadtpark gesehen haben.«

»Ist es verboten, sich in Ihrem schönen Stadtpark zu unterhalten, Herr Rubin?«

»Nein, es ist nur ungewöhnlich, dass zwei Fremde, die einander nie zuvor begegnet sind, die Abgeschiedenheit des Parks suchen, um sich nichts zu sagen.«

»Vielleicht war das Treffen ja romantischer Natur. So was soll vorkommen«, bemerkte Unger und verzog den Mund zu einem Lächeln.

Rubin ging auf seine Worte nicht ein und sagte: »Haben Sie über Frau Hofmanns Artikel gesprochen? In denen kommen Sie ja nicht gerade gut weg.«

»Wir haben ausschließlich über Frau Hofmanns Artikel gesprochen, in denen sie gegen mich und mein Unternehmen schlecht Wetter macht. Das wollen Sie doch hören, Herr Rubin, oder?«

»Ich möchte, dass Sie antworten, wie es gewesen ist, und nicht, was Sie denken, dass ich gern hören würde. Obwohl das auch sehr aufschlussreich ist.«

Wieder atmete der Pharmareferent schwer. Rubin entdeckte, dass sich dunkle Schweißflecken unter seinen Achseln abzeichneten.

»Ja, es ist richtig. Wir haben über die Expertisen gesprochen«, gab er nun in einem milderen Ton zu. »Ich versicherte Frau Hofmann, ich wäre selbstverständlich bereit, ihr entsprechende Unterlagen zu unserer Entlastung zukommen zu lassen.«

»Wie haben Sie das Gespräch mit Frau Hofmann geführt?«

»Wie meinen Sie das?«

»Ruhig und sachlich oder engagiert?«

Er antwortete nicht sofort. »Sachlich«, sagte er schließlich. »Wie zwei vernünftige Menschen das eben tun.« Kai Unger zog eine Zigarettenschachtel aus der Brusttasche seines Hemdes und klopfte eine Zigarette heraus. »Hier haben Sie übrigens den Beweis, Herr Rubin. Ich gehöre zu den Rauchern. Das wollten Sie doch heute Morgen wissen.«

Er suchte seine Hosentaschen nach einem Feuerzeug ab, fand aber keins und benutzte die Streichhölzer, die auf der Tischdecke neben dem Aschenbecher lagen.

»Ich habe Zeugen, die behaupten, dass Sie heftig mit Frau Hofmann gestritten haben.«

Kai Unger stieß eine große blaue Rauchwolke aus. »Was heißt gestritten?«

»Das, was selbst vernünftige Menschen tun, wenn sie nicht einer Meinung sind«, antwortete Rubin.

»Ich kann mich nicht daran erinnern.«

»Ging es vielleicht um die Verunreinigungen des Trägerstoffes von ›light & free‹?«

»Das behauptet Frau Hofmann. Nichts als Unterstellungen.«

»Ging es darum?«, wiederholte Rubin.

Beinahe unwillkürlich gab der Pharmareferent nach. Er war zu schwach für einen Disput. »Ja. Ja, wir haben darüber gesprochen. Und ich habe ihr Beweise gebracht, dass ihre Behauptungen haltlos sind. Mehr konnte ich nicht tun«, sagte Unger kopfschüttelnd, während er versuchte, regelmäßig Atem zu schöpfen.

Rubin gönnte ihm einen Moment der Erholung und sagte

dann: »Ich möchte Sie morgen früh zu einer Gegenüberstellung mit den Zeugen bitten. Hier in der Polizeiinspektion.«

»Wozu?«

»Ich will Ihre Aussagen mit denen der Zeugen vergleichen.«

»Sie glauben mir nicht.«

»Ich will es nachprüfen. Das ist alles.«

»Und wenn schon. Was sagt das aus, ob wir gestritten haben oder nicht? Das ist doch egal, oder?«, rief Unger heiser.

Plötzlich war sie wieder dahin, seine mühsam errungene Ruhe, seine Selbstgewissheit überdies. Er rieb sich mit der flachen Hand über die Stirn, und Rubin wunderte sich, dass ihn dieser kleine Gefühlsausbruch so sehr erschöpft hatte.

»Noch etwas anderes«, sagte Rubin. »Sie haben in Ihrer schriftlichen Aussage angegeben, dass Sie gestern Abend durch die Stadt gewandert sind. Warum sind Sie nirgends eingekehrt?«

Kai Unger drückte seine Zigarette aus. »Es war vielleicht die letzte laue Nacht des ausklingenden Sommers«, sagte er poetisch.

»Waren Sie die ganze Zeit allein?«

»Ja, stellen Sie sich vor. Ganz allein, aber nicht einsam. Ich komme in meinem Beruf viel herum und bin gern für mich. Ich bin es gewohnt, das gehört zum Geschäft.« Er setzte ein gequältes Lächeln auf und schluckte. Als er nach seinem Bierglas griff, zitterten seine Finger.

»Es geht Ihnen nicht gut, Herr Unger. Kann ich Ihnen helfen? Brauchen Sie einen Arzt?«

»Schon gut, Herr Hauptkommissar. Es ist nichts von Bedeutung. Morgen bin ich wieder auf dem Damm.«

»Sind Sie sicher?«

»Vollkommen. Vergessen Sie nicht, in welcher Branche ich arbeite. Ich werde etwas einnehmen, und dann wird alles wieder gut.«

»Eine Doppeldosis ›light & free‹?«

»Warum nicht? Ein gute Idee«, sagte Unger mit erstarrtem Lachen. Er zog sein Portemonnaie aus der Tasche und steckte einen Zwanzig-Euro-Schein unter den Aschenbecher.

»Morgen früh um zehn Uhr in der Polizeiinspektion«, sagte Rubin und wies mit dem Finger in Richtung des Gebäudes.

Unger tat amüsiert. »Das ist das Schöne bei Ihnen in Bad Löwenau. Alles liegt in greifbarer Nähe.«

»So hat es zumindest von außen den Anschein«, antwortete Rubin.

26

Als Bernstein Pits Pinte betrat, schlug ihm Livemusik entgegen. Es war kein Pub in irischem Stil, die Wände waren mit Blumenmustern tapeziert. Von der Decke hing ein Kronenleuchter herab. Bunte Fransenteppiche lagen auf dem Boden. Der Pub wirkte wie ein riesiges buntes Wohnzimmer.

Ein Sänger mit elektrischer Gitarre und Begleitband stand auf der winzigen Bühne und spielte für die etwa fünfzig Zuschauer an runden Tischen und an der Theke. Das Stück hatte einen schwerfälligen pulsierenden Rhythmus. Bernstein lauschte den Worten, die der Sänger mit tiefer und leicht rauer Stimme ins Mikrofon sang. Er klang wie jemand, der nicht nur gehört, sondern auch verstanden werden wollte:

»Take this shuffle, baby, it's yours for free.
It's done by a friend of a friend of me …«

Bernstein bewegte sich durch die Gäste hindurch auf die Theke zu und bestellte einen Scotch, seinen Lieblingsdrink von der Isle of Islay, der nach Meer, Seetang und Salzluft schmeckte.

Den Scotch servierte ihm Ines, die junge Bedienung. Bernstein begrüßte sie mit einem Kuss auf den Mund. Ines war die beste Quelle für Klatsch und Tratsch aus dem Pub. Denn das Lokal war der Ort, an dem sich Einheimische und Touristen begegneten. Doch die junge Frau war für Bernstein weit mehr als die Lieferantin von Geschichten, die sich mit Hilfe einer Prise Phantasie zu einer Story erweitern ließen. Ines war in gewisser Weise aus demselben Stück Holz geschnitzt wie Bernstein. Außerdem teilte sie seine Liebe zum Punk. Wenn Ines spätnachts die letzten Gäste aus dem Pub kriegen wollte, legte sie immer die härtesten Stücke auf.

Einmal, als alle Nachteulen gerade den Heimweg angetreten

hatten, war Bernstein als Einziger geblieben. So hatten sie sich kennengelernt, bis zum frühen Morgen Punk gehört und Scotch getrunken. Und sie hatten wirklich nur Punk gehört und Scotch getrunken.

Ines war Mitte zwanzig und alleinerziehende Mutter. Sie hatte ein seltsam schönes Gesicht, kurze, struppige dunkle Haare und eine schlanke, beinahe burschenhafte Figur.

Bernstein zeigte Ines auf seinem Smartphone die Fotos der Seminarteilnehmer. »Kannst du mir sagen, ob diese adretten Glückskinder gestern Abend hier waren?«

»Sie haben ein paar Tische zusammengestellt«, sagte sie. »War 'ne komische Truppe, haben irgendwie einen auf VIPs gemacht.«

»Ist dir jemand besonders aufgefallen?«

Sie stellte drei Bad Löwenauer Bier auf ein Tablett, dazu eine Cola und ein Halbliterglas mit dunklem Cider. »An den Arzt, der seit Neuestem im Fernsehen ist, kann ich mich gut erinnern. Verrückter Typ irgendwie, ein Besserwisser, aber auch süß. Hat gute Manieren, und wenn er lächelt, dann sieht man noch den frechen Lausbub in ihm. Aber irgendwie traue ich ihm nicht über den Weg. Kann ein Mensch denn immer freundlich sein? Außerdem hat er den ganzen Abend lang alles und jedes erklärt. Das muss so eine Art Zwangsneurose sein. Selbst zu den Getränken hat er Kommentare abgeben. Er kannte die Inhaltsstoffe von jeder Limo.«

Ines brachte das Tablett mit den Getränken an die Tische. Der Sänger spielte jetzt eine ruhigere Nummer. Als Ines zurückkam, sagte sie: »Zeig mir noch mal das Foto von der Frau.«

»Von welcher Frau? Der Vermissten?«

Sie nickte und sah sich das Foto lange an. »Die Frau hat Klasse, alle Achtung. Auf dem Foto sieht sie allerdings cooler aus als in Wirklichkeit. Sie hat gestern Abend ziemlich gebechert.«

»Mit den anderen Teilnehmern?«

»Zuerst ja … Entschuldige mich, ich muss eine Bestellung aufnehmen.« Als sie zu Bernstein zurückkehrte, war sie ernster geworden. »Ich habe mich gefragt, was sie mit diesem Typen will.«

»Welchem Typen?«

»Der, mit dem sie geschäkert hat. Du kennst ihn auch: den schicken Stadtrat. Peter … wie heißt er noch?«

»Sieh an, sieh an«, bemerkte Bernstein. Ines sprach von Peter Röder, ein strebsamer Stadtrat von Bad Löwenau und ehemaliger Schulkamerad von Bernstein und Rubin.

»Die haben ganz schön einen gezwitschert. Anschließend sind sie gemeinsam raus.«

»Erinnerst du dich, wann?«

»So gegen halb elf.«

»Ich danke dir, mein Herz.«

Ines brachte eine weitere Ladung Getränke unter die Gäste. Bernstein wandte sich wieder der Musik und der Bühne zu. Die Band spielte einen treibenden Groove.

Doch was war das? Erst jetzt entdeckte Bernstein Iris Adler an einem Tisch in seiner Nähe. Sie trug ein rotes schulterfreies Kleid und war in Begleitung. Noch erkannte er den Mann an ihrer Seite nicht, denn sie hatten ihm halb den Rücken zugekehrt und blickten zur Bühne.

Feurige Wut stieg in ihm auf, und er trank seinen zweiten Whisky in einem Zug aus. Der Sänger auf der Bühne sang:

»What's your name today? Wer bist du?«

Dann folgte ein spanischer Zwischenteil.

Ines kam mit einem leeren Tablett vorbei und zwinkerte Bernstein zu: »Kopf hoch, Carl, lass dich nicht unterkriegen.«

Erst jetzt erkannte Bernstein den Begleiter von Iris: Es war Reimer, der stellvertretende Touristikmanager der Stadt, der es immer wieder bei ihr versuchte. Iris und er tranken Bier und blickten wortlos auf die Bühne.

Als Reimer zur Toilette ging, steuerte Bernstein zielstrebig auf den Tisch zu. Iris Adler hatte ihn bis zu diesem Moment noch nicht bemerkt. Jetzt wirkte sie wie ertappt und blinzelte.

Oder bildete sich Bernstein das nur ein?

War es nur das, was er sehen wollte?

Sie blickten sich stumm in die Augen, keiner von beiden sagte etwas. Bernstein hatte zwar ein ganzes Arsenal von Worten auf der Zunge liegen, doch in diesem Moment waren es nichts als unnütze stumpfe Waffen. Er warf Iris einen Handkuss zu, verneigte sich und entfernte sich rasch.

So konnte er nicht mehr sehen, dass Iris hinter ihm stumm mit ihren Lippen eine Antwort formulierte.

Draußen, in der stillen milden Nacht, versuchte Bernstein sich nicht wie üblich mit Punkmusik zu betäuben, was er immer tat, wenn Wut oder Groll seine Brust zusammenzogen. Er hörte noch immer den Nachhall der Musik. Die Stimme des Sängers sang die Worte:

»I take a walk along a moonlit street,
Toward your open door.
I've got an idea of conspiracy,
But I don't know who with.
What's your name today?
What's your name today?
Wer bist du?«

27

Nach einer traumlosen Nacht erwachte Rubin wie gerädert. Er spürte einen dumpfen Schmerz im Rücken. Es war, als ob ein unsichtbares Gewicht auf seinen Schultern lastete und ihn in die Knie zu zwingen beabsichtigte. Ihm war sofort klar, heute würde er über die Folter, die sein Rücken ihm bereitete, nicht einfach hinweglächeln können.

Er riss das Fenster auf, und das helle Licht des Morgens strömte ins Schlafzimmer. Augenblicklich begann er mit nacktem Oberkörper eine Frühgymnastik. Er kannte die Übungen auswendig, hatte sie aber eine Weile nicht mehr angewandt.

Er streckte und dehnte sich, bis er verschwitzt, aber erholt war. Die Schmerzen waren nahezu verschwunden. Im Anschluss nahm er eine Dusche und machte für sich und Freitag Frühstück.

Während er an seinem Earl Grey nippte, erkundigte er sich bei Jana Cerni nach dem Stand der Fahndung. Wieder nichts, keine Spur von Beatrice Hofmann, noch nicht einmal falsche Hinweise.

Als Nächstes rief Rubin seine Frau an. Sie war noch verschlafen, entsprechend kurz fiel die Unterhaltung aus. Doch sie sagte, sie freue sich, am nächsten Abend wieder nach Hause zu kommen. Rubin versprach, sie mit Freitag am Bahnhof abzuholen.

Nach dem Gespräch schlug Rubin die neueste Ausgabe des Bad Löwenauer Anzeigers auf und las wie jeden Morgen als Erstes die Kolumne von Bernstein.

Liebe Bad Löwenauer,

heute möchte ich Ihnen von einer Kollegin aus der Großen Stadt berichten. Sie ist vor Kurzem wie Abertausende andere aus dem Sumpf der Welt in das Trockengebiet unseres schönen Bad Löwenau gekommen. Aus zwei Gründen, wie es scheint: Sie wollte ihren Eltern, die den bewundernswerten Entschluss gefasst haben, in der Seniorenresidenz der Kurklinik unserer Stadt ihren Lebensabend stilvoll zu verbringen, einen Besuch abstatten. Danach wandte sie sich einem Bad Löwenauer Prominenten zu, niemand Geringerem als Dr. von Rehheim. Sie werden, meine hochverehrten Leserinnen und wohlwollenden Leser, von dem lustigen Arzt mit dem gewissen Etwas gehört oder gelesen haben. Er moderiert seit Kurzem auf TV 4 eine medizinische Ratgebersendung und erklärt uns, was wir tun müssen, damit unser Leben gesünder, schöner und glücklicher wird.

Dr. von Rehheim bietet seine praktischen Tipps nun auch in einem Seminar zum Mitschreiben an. Frau Hofmann nahm daran teil. Warum, fragen wir? Suchte sie den Stein der Weisen? Ist sie deshalb nach Bad Löwenau gekommen?

Nun, ich habe gute Gründe, daran zu zweifeln. Nicht die gewundenen Wege des Glücks zu beschreiten, war die Absicht der Journalistin, vielmehr hatte sie nach altbewährter Reporterart Fragen. Die wollte sie stellen, dem ein oder anderen Seminarteilnehmer und Dr. von Rehheim insbesondere. Frau Hofmann arbeitet zurzeit an einer Artikelserie über die Geschäftemacher des Glücks, wie ich aus verlässlicher Quelle erfahren konnte.

Und nun ist etwas Schreckliches geschehen, das den Fragen der Journalistin eine gespenstische Brisanz verleiht: Beatrice Hofmann ist seit gestern Morgen verschwunden. Keine Spur von ihr. Und wir stehen vor einem Rätsel: Hat sie ihre Fragen stellen können? Und wenn ja, welche Antworten hat sie erhalten? Nun, bedauernswerterweise wissen wir es nicht. Doch wir fragen uns, wie wohl die Antworten ausgefallen sein mochten. Was hat Dr. von Rehheim auf die Frage geantwortet, warum er sich als Glücksmediziner in der Provinz niedergelassen hat, nachdem er sich in der Großen Stadt als Kurpfuscher hervorgetan hatte? Nicht zuletzt auch an der vermissten Frau Hofmann?

Was wird Pharmareferent Kai Unger geantwortet haben, als sie ihn fragte, warum er wider besseres Wissen seine Wellnesspillen »light & free« vertreibt, obwohl sie Nebenwirkungen von schrecklichen Ausmaßen auslösen?

Und nicht zuletzt: Was wird ein aufstrebender Repräsentant unserer Stadt geantwortet haben, als Frau

Hofmann, eine Dame von großer Ausstrahlung und klassischer Eleganz, ihn fragte, ob er für die Süße einer Sommernacht ihre nähere Bekanntschaft zu machen geneigt sei? Fragen über Fragen. Wer kennt die Antworten? Und wer weiß, wo die vermisste Beatrice gerade verweilt? Unser Kriminalhauptkommissar Christoph Rubin ist der Wahrheit auf der Spur, um nicht zu sagen: dicht auf den Fersen.
Wie immer halte ich Augen und Ohren für Sie offen und werde berichten.

Herzlich,
Ihr Carl Bernstein

Rubin legte die Zeitung beiseite. Bernstein hat mit keinem Wort den möglichen Tod von Beatrice Hofmann erwähnt, dachte er. War das ein Zeichen der Hoffnung? Gleichzeitig fragte sich Rubin, auf wen Bernstein mit der letzten Frage anspielte. Doch er musste nicht lange grübeln, denn er erhielt das Zeichen für eine eingehende SMS. Bernstein schrieb:

Morgen, mein Lieber, haben neue Spur. Unser Peter Röder war scharf auf Beatrice. Kombiniere: Fahrerflucht mit rotem Sportwagen, Peter fährt einen. Schlage vor, du fühlst dem scharfen Sack auf den Zahn. Bis später, ciao, Bernstein.

Rubin rief Freitag zu sich. Der Golden Retriever freute sich auf einen neuen Tag voller Sonne, Abenteuer und – Stöckchen.

28

Auf dem Weg zum Rathaus traf Rubin Buchhändler Weimar. Er saß in der Sonne vor der Tür seiner Buchhandlung im Gewölbekeller und genoss die seidigen Sonnenstrahlen auf seinem Gesicht. Er schwitzte leicht unter seinem weißen Haarkranz in seinem blauen Sakko und der gelben Weste.

»Carl hat heute Morgen mit seiner Kolumne gehörig Staub aufgewirbelt«, sagte er. »Jetzt fragt sich ganz Bad Löwenau: Wer könnte der weibstolle aufstrebsame Repräsentant der Stadt sein?«

Rubin nickte und schwieg.

»Himmelhoch jauchzend, zu Tode betrübt«, lachte Weimar und trat einen Schritt auf Rubin zu. »Da ist noch etwas, das ich Ihnen mitteilen möchte. Die vermisste Journalistin, Beatrice Hofmann, sie war am Freitag in meiner Buchhandlung und hat sich nach einem bestimmten Titel erkundigt.«

»Nach welchem?«

»Sie kennen das Buch, Herr Rubin. Es stammt aus der Feder von Tom Smart: ›Das Leben ist zu wichtig, um ernst genommen zu werden‹.«

Rubin nickte.

»Frau Hofmann erklärte, sie besitze das Buch selbst und schätze es sehr, habe es aber nicht dabei. Sie fragte mich nach einem Exemplar. Ich hatte gerade eine neue Lieferung bekommen und gab es ihr. Sie schlug das Buch auf, wie jemand, der es sehr genau durchgearbeitet hat.«

»Was hat sie gesucht?«

»Ein Zitat. Sie behauptete, sie benötige es für einen Artikel.«

»Wissen Sie, welches?«

»Einen Moment.« Weimar setzte seine große schwere Gestalt in Bewegung und verschwand in das Kellergewölbe. Er kehrte mit dem Rubin vertrauten Buch und einem genießerischen Lächeln im Gesicht zurück, stellte sich in die Sonne und blätterte. Das Papier roch neu und wirkte übermäßig hell im Morgenlicht. Nach einer kurzen Weile hatte Weimar die Stelle gefunden. Er zeigte mit dem Finger darauf und las: »Nichts ist schwerer zu ertragen als eine Reihe von glücklichen Tagen.«

29

»Hallo, Peter.«

»Hallo, Christoph.«

Peter Röder stand in weißem Hemd und Krawatte in der Tür seines Büros im ersten Stock des Rathauses und wusste nicht recht, was er sagen sollte.

Die beiden ehemaligen Schulkameraden waren sich seit Rubins Rückkehr nicht wieder begegnet. Es hatte keine Veranlassung dazu gegeben, denn sie waren nie Freunde gewesen. Sie hatten einfach nur dreizehn Jahre ihres Lebens gemeinsam verbracht. Das war alles. Nicht mehr, aber auch nicht weniger.

Peter Röder bat Rubin und Freitag herein. Er spähte über den Flur, bevor er die Tür schloss und seinem Gast einen Platz anbot.

Es war ein unscheinbares Sachbearbeiterbüro mit zwei schmalen Fenstern zum Marktplatz hin, und es roch nach frischem Kaffee. Auf der Tischplatte lagen ein Laptop und verschiedene Schriftstücke, daneben ein Textmarker und ein Lineal.

»Darf ich dir etwas anbieten? Kaffee? Wasser?«

»Nein danke.«

»Irgendwas für den Hund?«

Rubin verneinte.

Peter Röder hatte sich seit der Schulzeit kaum verändert. Er hatte lediglich tiefe Krähenfüße um die Augen bekommen und schütteres Haar. Doch er besaß noch immer sein Gute-Laune-Gesicht mit den hellen, leicht verwaschenen Augen und strahlte eine sportliche Lebendigkeit aus.

»Du bist gut in Form, Peter. Spielst du noch immer Fußball?«

»Alte Herren, Ehrensache. Aber auch das geht allmählich ganz schön auf die Knochen.«

Er war verheiratet und hatte zwei Kinder. Rubin kannte die Frau, sie war einige Jahre jünger und hatte blonde Locken, wenn er sich recht erinnerte. Nach dem Abitur hatte Röder eine Bankausbildung absolviert und war dann nach und nach in die Politik von Bad Löwenau eingestiegen.

»Ich will es kurz machen«, sagte Rubin. »Ich möchte einen Blick auf deinen Wagen werfen.«

Der Stadtrat zuckte zusammen und machte eine Geste, wie sie ein Schiedsrichter macht, um ein Spiel zu beenden. »Oh Scheiße, alles klar, Christoph. Kein Thema. Ich nehme alles auf meine Kappe. Du hast keinen Ärger mit mir. Die Sache ist total mies gelaufen. Aber du kannst mir glauben, ich werde für den Schaden aufkommen. Ehrensache!«

»Warum hast du Fahrerflucht begangen?«

Röder druckste herum. »Ein dummer Fehler. Darf einfach nicht passieren. Das Ganze ist aber auch nicht so einfach. Sieh mal –«

»Es ist das Einfachste auf der Welt.«

»Ja, klar, wie gesagt. Ich hätte normalerweise sofort bei den Leuten geklingelt und die Sache geklärt. Du kennst mich, ich bin nicht der Typ, der davonrennt, aber –«

Das Telefon summte. Röder wirkte genervt.

»Wenn es wichtig ist, geh ruhig ran«, sagte Rubin und dachte an die Bürgermeisterin.

»Nee, lass mal. Ist sowieso wieder nur irgendein Kollege, der wissen will, wer's gewesen sein könnte.«

»Wie ich sehe, hast du schon Zeitung gelesen.«

»Mann, Mann, Mann, Carl hat eine richtige Bombe gezündet. Das ganze Rathaus steht Kopf.«

»Und, hast du eine Ahnung, wer der Casanova ist?«

Peter Röders Kopf verfärbte sich ins Dunkelrote, und er blickte zu Boden. »Klar, das weißt du natürlich auch. Scheiße, du bist echt gut. Allmählich wächst mir alles über den Kopf.« Er ging zum Fenster und schaute hinaus. »Christoph, ich kann dir sagen: Ich stecke bis Oberkante Unterlippe in der Scheiße. Wenn das rauskommt, kann ich meine Sachen packen. Christine, meine Frau, dreht mir den Hals um.«

»Wie hast du den Schaden am Wagen verheimlichen können?«

»Christine hat ihn einfach noch nicht entdeckt. Der Wagen steht in der Garage. Wir haben den Sonntag daheim verbracht. Ich wollte es so aussehen lassen, als ob es heute passiert wäre.«

Peter Röder nahm wieder gegenüber von Rubin Platz. Dafür erhob sich jetzt Freitag und suchte sich eine andere Ecke zum Dösen.

»Erzähl mir, wie es gewesen ist. Mit Frau Hofmann im Pub«, sagte Rubin.

»Okay, okay, alles klar. Der Reihe nach: Wir haben also in Pits Pinte … geflirtet. Ja, so war's. Es ging ziemlich einfach. Beatrice, also Frau Hofmann, war schon in sehr lustiger Stimmung. Ich habe sie dann auf einen Drink eingeladen, und es hat sich entwickelt.

Schnell war klar, dass sie einem Abenteuer nicht abgeneigt war. Sie hat da auch kein großes Aufheben drum gemacht. ›Klare Worte, klare Verhältnisse‹, hat sie gesagt. Ziemlich cool, die Frau, das hat mir gefallen. Dann hat sie gefragt, ob wir ins Hotel wollen oder ob ich was anderes wüsste. Aber Hotel war mir zu heiß. Ich habe ihr vorgeschlagen, wir könnten in unser Wochenendhaus auf dem Land gehen, ein paar Kilometer hinter dem See, weißt du? Es wird zwar zurzeit renoviert, aber das Bett ist voll einsatzbereit …«

Röder schaute grinsend in Rubins Richtung, aber der Hauptkommissar war nicht zu Scherzen aufgelegt. »Gut, okay, also, wir sind dann in meinen Wagen gestiegen, und draußen habe ich gemerkt, dass ich doch schon ganz ordentlich einen im Tee habe. Und dann – nach was weiß ich, drei, vier, fünf Minuten Fahrt – hat es plötzlich einen Schlag gegeben.«

»Du hast den Wagen gegen die Mauer gesetzt.«

»Ja, genau. Und im selben Augenblick habe ich Panik gekriegt. Ich war unter Schock, Beatrice war außer sich vor Wut und hat geflucht. Was sollte ich machen? Ich war besoffen und hatte eine fremde Frau am Start. Da wusste ich mir keinen anderen Ausweg und bin einfach auf und davon.«

»Wohin bist du gefahren?«

»Einfach weg. Irgendwohin.«

»Habt ihr die Stadt verlassen?«

»Nein, ich bin dann irgendwo stehen geblieben. Beatrice hatte sowieso keine Lust mehr auf ein Abenteuer. Und ich auch nicht. Sie begann zu toben und hat mich beschimpft, als ob ich was dafür könnte. Sie schrie: ›Du Provinzcasanova!‹, und wollte zurück ins Hotel.«

»Ist sie ausgestiegen?«

»Ja, klar, sofort.«

»Wo war das?«

»Nicht weit von der Gebrüder-Grimm-Schule.«

Die Schule lag im Westen von Bad Löwenau. Von dort zurück bis zum Marktplatz brauchte man bei guter Ortskenntnis mindestens eine halbe Stunde. Der Weg führte an den Mietskasernen vorbei bis zum Stadtpark und von dort über zwei mögliche Wege auf den Marktplatz.

»Hast du ihr nicht angeboten, sie zu begleiten?«

»Doch, ja, natürlich, aber sie war eingeschnappt und machte sich auf und davon. Weg war sie.«

»Hast du versucht, sie einzuholen?«

Röder schlug den Blick nieder. »Nein, habe ich nicht, aber ich –«

»Schon gut, ich habe verstanden«, sagte Rubin. Er ging im Geiste die Strecke durch, die Beatrice Hofmann in dieser Nacht gelaufen sein musste. Doch sie war nie im Hotel angekommen. Der Weg war ohnehin schwer zu finden, schon bei Tage, und erst recht, wenn man nicht ortskundig war.

»Hat Frau Hofmann irgendetwas darüber gesagt, dass sie am folgenden Tag das Seminar frühzeitig verlassen wollte?«

»Nein. Wir haben überhaupt nicht darüber gesprochen.«

»Hat sie nicht erwähnt, was sie nach Bad Löwenau geführt hat?«

»Sie war doch zu diesem Wellnesswochenende da. Sie sagte, sie könnte ganz gut ein bisschen Erholung gebrauchen. Ich habe erst durch Carls Artikel erfahren, dass sie Journalistin ist und hier recherchiert hat.«

»Ihr habt also wirklich nichts von euch preisgegeben.«

»Keine Namen, keine Fragen.«

»Wusste sie, wer du bist?«

»Nein, wie gesagt.«

Rubin legte die Hände flach auf die Tischplatte und sah sein Gegenüber scharf an. »Also gut, ich will dir glauben.«

Röder atmete erleichtert auf.

»Was nichts daran ändert, dass du ein mieses Stück bist«, sagte Rubin überraschend hart, und Röder erschrak.

»Was gedenkst du jetzt zu tun, Christoph? Ich meine, wirst du …?«

Rubin sprach sehr langsam und überlegt: »Bring die Sache mit der Mauer in Ordnung. Und es wäre gut, wenn du großzügig bist. Sehr großzügig.«

30

Pünktlich um zehn Uhr fand sich das russische Zeugenpaar in Rubins Büro in der Polizeiinspektion für die Gegenüberstellung ein. Sie waren nicht allein gekommen. Igor war mit von der Partie – wie er versicherte, nur zum Dolmetschen. Und nicht nur er.

Das Paar Anna Gurowa und Dimitrij Gurow, beide neunundzwanzig, hatten ein Baby dabei und einen Spitz, der sich mit Freitag nach den ersten Sondierungsgesprächen prächtig verstand. Dimitrij hatte sich eigens für den Termin von der Arbeit beurlauben lassen müssen – er arbeitete in den Farbenwerken. Er und seine Frau waren überdies in Begleitung ihrer Urgroßmutter erschienen, die den tiefen Falten nach zu urteilen einhundert Jahre zählen musste. Igor erklärte, die Gurows konnten die Babuschka nicht unbeaufsichtigt zu Hause lassen. Als sie das letzte Mal allein war, hätte sie fast die Wohnung abgefackelt, weil sie ein Holzbrettchen auf der Gasflamme abgestellt hatte.

Anna und Dimitrij wohnten in der Karl-von-Otto-Siedlung, benannt nach dem ehemaligen Bürgermeister, dessen Denkmal den Stadtpark zierte.

Rubin hätte gern allen Besuchern einen Platz angeboten, aber es gab nicht genügend Sitzgelegenheiten. Einen brauchte Jana Cerni, denn sie sollte Protokoll führen. Für die Babuschka besorgten sie einen Holzstuhl vom Flur. Alle anderen standen. Freitag hatte ein Plätzchen für den Spitz auf seiner Lieblingsdecke frei gemacht. Alle waren bereit, nur Kai Unger fehlte.

»Soll ich ihn im Hotel abholen, Chef?«, fragte Jana Cerni.

Gerade als Rubin zustimmen wollte, öffnete sich die Tür. Herein trat der Schatten von einem Mann. Der Pharmareferent war kreidebleich und schien über Nacht abgemagert zu sein. Obwohl er einen hellblauen Sportpullover über seinem Hemd trug, fror er offenbar, denn er zitterte am ganzen Körper, gleichzeitig standen Schweißperlen auf seiner Stirn.

Das russische Paar wechselte fragende Blicke, Igor grinste.

Rubin stellte die Zeugen Kai Unger vor, der ihnen keine Beachtung schenkte. Stattdessen sagte er zu Rubin: »Ich habe heute in der Zeitung gelesen, was Ihr lustiger Freund über mich geschrieben hat. Wissen Sie, wie ich das nenne? Das ist Rufmord, Herr Hauptkommissar.«

Seltsam, seine Stimme klang klar und fest. Wenn er sprach, wankte er auch nicht mehr. Gerade hatte Rubin ihn fragen wollen, ob er einen Arzt rufen sollte. Jetzt überlegte er es sich anders und wandte sich an die Zeugen. »Ist das der Mann, den Sie im Park mit der Frau gesehen haben?«

Igor übersetzte. Noch bevor er zu Ende gesprochen hatte, nickten die beiden Russen mehrfach.

»Wo im Park hat das Gespräch stattgefunden?«

Ein kurzer Austausch der Eheleute, dann übersetzte Igor: »Vor Ruine mit Busch.«

»Wie bitte? Da waren wir doch gar nicht«, protestierte Kai Unger. »Wir standen unter dem Denkmal. Die Zeugen sagen nicht die Wahrheit.«

»Sie kennen sich sehr gut in unserem Park aus.«

»Tja, ich mag eben Ihre Stadt«, erwiderte Unger mit trockenem Mund.

»Bitte, Anna und Dimitrij, berichten Sie nun, was Sie gesehen und gehört haben«, forderte Rubin das Paar auf.

Die Russen fühlten sich offensichtlich nicht wohl in ihrer Haut und antworteten durcheinander, vor allem Anna berichtete ausführlich und gestenreich. Nach gefühlten Minuten des dunklen, weich fließenden Wortschwalls dolmetschte Igor: »Anna sagt, Mann nix gut.«

Rubin schüttelte den Kopf. Aber was sollte er tun? Er war

auf Igor angewiesen, denn er hatte in der ganzen Stadt keinen russischen Dolmetscher bekommen. »Was heißt das? Nicht gut?«

»Mann hat Frau gedroht.«

»Das ist eine Lüge!«, warf Kai Unger ein. »Nichts als ausgemachter Blödsinn.«

»Beruhigen Sie sich«, sagte Rubin, und an die Russen gewandt fragte er: »Haben Sie genau gesehen, dass Herr Unger der Frau gedroht hat?«

Wieder ein gedehnter, zäher Wortschwall. Schließlich brummte Igor: »Anna meint, nicht direkt. Mann gebrüllt.«

»Das ist eine Unverschämtheit«, polterte Unger und wischte sich den Schweiß von der Stirn. »Wir haben uns nicht gestritten. Und ich weiß auch nicht, was das soll!«

Er schrie so laut, dass das Baby zu weinen begann. Annas Blicke auf Kai Unger waren scharf wie Messerklingen. Sie tröstete das Kleine und ergriff energisch das Wort. Igor übersetzte: »Sie hat gesehen, wie Mann hat Frau was zugesteckt.«

Wieder dieselbe Reaktion von Unger: »Das ist gelogen! Die lügt doch wie gedruckt. Was wollen Sie mir hier eigentlich unterschieben?«

»Konnte sie erkennen, was es war?«, fragte Rubin über den Lärm hinweg.

Igor übersetzte, Anna schüttelte den Kopf und zuckte mit den Schultern. Dann deutete sie mit Daumen und Mittelfinger der rechten Hand einen winzigen Abstand an und kniff taxierend ein Auge zu.

Kai Unger entrüstete sich wieder. Doch diesmal schwankte er und suchte Halt an der Wand, während er nach Atem rang.

Unterdessen hatte sich die Babuschka zu Freitag und dem Spitz gesellt und angefangen, ein russisches Wiegenlied vor sich hin zu summen. Sie wollte das schreiende Kind trösten. Freitag war fasziniert, der Spitz weniger, vermutlich kannte er die Weise bereits und versuchte sich durch Bellen zur Wehr zu setzen. Es gab einen Heidenlärm. Dimitrij unternahm den Versuch, die Großmutter durch ein Bonbon, das er für sie aus dem Papier gewickelt hatte, vom Singen abzuhalten.

Mitten im Getöse fragte Igor Anna etwas auf Russisch. Sie nickte.

»Was haben Sie gefragt?«, erkundigte sich Rubin.

Igor grinste und sagte in Richtung des Pharmareferenten: »Anna hat gesagt, Mann hat gegeben Ding klein wie Pille. Was ich habe gesagt: Mann ist Dealer.«

»Das ist der Gipfel!«, rief Unger und riss beide Arme in die Höhe. Seine Augen waren wässrig und weit aufgerissen. »Wo bin ich hier? Das ist doch eine Posse! Mit Ihren Iwans, die kein Wort Deutsch verstehen, und diesem ganzen, diesem … Provinztheater! Mir reicht's.«

Und das Nächste, was er tat: Er schlug blindwütig um sich und stürzte mit geballter Faust auf Jana Cerni los. Rubin trat in letzter Sekunde dazwischen, denn die Polizistin war so sehr mit Schreiben beschäftigt, dass sie den Angreifer nicht kommen sah. Unger schlug auf Rubin ein, traf ihn am Oberarm, aber nicht mit voller Wucht. Trotzdem war es ein kraftvoller, gezielter Schlag gewesen.

Rubin wich einem zweiten Hieb aus und verlor beinahe das Gleichgewicht. Unger setzte zu einer weiteren Attacke an, da trat von hinten Igor auf den Plan. Er machte kurzen Prozess und schlug dem Pharmareferenten mit der flachen Hand auf die Wange, dass es schallte. Es war mehr eine Demütigung als ein Angriff. Unger schrie auf, Rubin überwältigte ihn, und Jana Cerni legte ihm sogleich Handschellen an.

Langsam kehrte wieder Ruhe ein. Auch Freitag und der Spitz beruhigten sich und stellten ihr Bellen ein, nur die Babuschka setzte unbeirrt ihr Wiegenlied fort.

»Sie können ihm die Handschellen abnehmen, Frau Cerni«, sagte Rubin, der sich schon wieder von dem Angriff erholt hatte.

Er wies Unger den Platz der Polizistin zu. Der Mann sank ermattet nieder, nach Atem ringend und schwitzend. Er zog den Pullover über den Kopf, und auf seinem Hemd zeigten sich unter den Achseln, am Rücken und auf der Brust dunkle Schweißflecken. Instinktiv fischte er eine Zigarettenschachtel aus der Brusttasche seines Hemdes und steckte sich eine Zigarette zwischen die Lippen.

»Rauchen ist hier nicht erlaubt«, sagte Jana Cerni streng.

»Ist schon gut, Herr Unger kann rauchen, wenn er möchte.«

Unger tastete die Hosentaschen nach einem Feuerzeug ab. Vergebens. Da ging Rubin zu seinem Sakko, das er an die Garderobe gehängt hatte. Er griff in die Seitentasche und holte das Benzinfeuerzeug hervor, das Bernstein in Beatrice Hofmanns Hotelzimmer unter dem Bett gefunden hatte. Er schritt mit größter Ruhe auf den Pharmareferenten zu. Dann ließ er den Feuerzeugdeckel aufschnappen und entzündete die Flamme. Ein beißender Benzingeruch durchdrang den Raum.

Und da war es – in Kai Ungers Augen flackerte es verräterisch auf.

Rubin stellte das Feuerzeug vor Unger auf die Tischplatte und sagte: »Sie waren in Frau Hofmanns Hotelzimmer. Was haben Sie gesucht?«

Kai Unger hustete und schwieg, diese Zigarette bekam ihm gar nicht. Rubin ließ ihn nicht aus den Augen. »Haben Sie gefunden, wonach Sie gesucht haben? Den Computer, das Diktiergerät, das schwarze Notizbuch?«

»Ich war nie in ihrem Hotelzimmer«, röchelte Unger.

»Und wie ist Ihr Feuerzeug dorthin gekommen?«

»Ich habe es Beatrice geliehen und nicht wieder zurückbekommen. Wie so etwas eben geht.«

Er sprach mit letzter Kraft, seine Lippen waren blutleer. Jetzt zeigten sich seine herben Züge, ein Maskengesicht, wie aus Wachs gegossen. Doch in seinen Augen blitzte es herausfordernd.

Rubin war sich über das grausame Dilemma im Klaren. Unger konnte behaupten, was er wollte, konnte nach Belieben alles abstreiten oder leugnen. Er konnte erfinden, was er wollte. Solange es niemanden gab, der seine Aussagen bestätigen oder widerlegen konnte, war er aus dem Schneider. Und die einzige Person, die dazu in der Lage gewesen wäre, war nach wie vor verschwunden.

Durch die Aussagen des russischen Paares hatte Rubin den Pharmareferenten nervös machen wollen. Dieselbe Taktik hatte Bernstein mit seinem Artikel verfolgt. Es war ihnen beiden bis zu einem gewissen Punkt gelungen. Doch jetzt brauchte Rubin Beweise, handfeste Beweise – und er brauchte Beatrice Hofmann.

»Welche Blutgruppe haben Sie, Herr Unger?«

Der Pharmareferent zog die Schultern hoch: »Keine Ahnung.«

»Gut, dann werden wir jetzt Ihre Wissenslücke schließen. Wir lassen eine Blutprobe machen. Meine Kollegin wird Sie begleiten«, sagte er.

»Wie, bin ich etwa verhaftet?«

Rubin gab Jana Cerni ein Zeichen. »Meine Kollegin wird Sie zu einem Arzt bringen, Herrn Peng Ching. Seine Praxis ist nicht weit von hier auf dem Marktplatz.«

Jana Cerni half Kai Unger vom Stuhl auf. Er leistete keinen Widerstand. Ein letztes Mal drehte er sich zu Rubin um. Er schien sich wieder erholt zu haben. Wie konnte das so schnell gehen? Dann schritt er zügig vor der hoch konzentrierten und sich der Bedeutung ihrer Aufgabe bewussten Jana Cerni hinaus.

Igor hatte mit einem Grinsen im Gesicht und vor der Brust verschränkten Armen alles genau verfolgt. Anna und Dimitrij waren sichtlich verwirrt und ließen über Igor zaghaft nachfragen, ob sie nun auch gehen konnten. Die Babuschka horchte auf. Rubin nickte und dankte ihnen.

Dimitrij schüttelte Rubin die Hand und verabschiedete sich von Igor mit einem Bruderkuss, der kurz darauf zu Rubin sagte: »Was ich habe gesagt, Herr Kommissar. Mann nix gut.«

31

Als alle fort waren, brach auch Rubin auf. Unverzüglich. Er überquerte mit Freitag den Marktplatz und verlangte an der Rezeption des Hotels die Zimmerkarte von Kai Unger.

Melanie Seifert, die Hotelmanagerin, zögerte. »Bitte entschuldigen Sie, Herr Rubin, aber ich denke ... Ich meine, brauchen Sie nicht einen Hausdurchsuchungsbefehl oder so etwas dafür? Schließlich legen wir in unserem Haus Wert auf die Privatsphäre unserer –«

»Ich kann die Tür auch gewaltsam öffnen lassen, wenn Ihnen das lieber ist, Frau Seifert.«

Sie erschrak. So kannte sie Rubin nicht. »Nein, nein«, stotterte sie und übergab Rubin demütig eine Generalkarte, mit der er Zugang zu allen Zimmern des Hotels hatte.

Kai Ungers Zimmer lag im zweiten Stock. An der Tür hing das »Bitte nicht stören«-Schild. Das Zimmer sah unordentlich aus. Die Fenster waren geschlossen, es herrschte eine feuchte, unangenehme Wärme. Ein säuerlicher, fiebriger Geruch mischte sich mit kaltem Rauch.

Das Bett war nicht gemacht, Kleiderstücke lagen auf dem Boden. Bei näherem Hinsehen entdeckte Rubin auf dem Bettlaken Spuren getrockneten Bluts. Im Mülleimer lagen neben zerknüllten Blättern mehrere blutverschmierte Pflasterstreifen. Rubin erinnerte sich an den Blutfleck im Bett von Beatrice Hofmann. Stammte er aus derselben Ader, aus der dieses Blut kam?

Auf dem Nachttisch standen ein überfüllter Aschenbecher und ein leeres Wasserglas. Daneben lagen eine Schachtel Aspirin und stärkere Schmerzmittel, und selbstverständlich auch eine Packung der Glücksspillen »light & free«, die jedoch noch vollständig gefüllt war.

Der Reisekoffer war geöffnet und enthielt nichts als Ersatzkleider und Prospekte des Unternehmens vita beata activa.

Auf dem Schreibtisch fand Rubin zwei leere Bierflaschen und diverse Schriftstücke, darunter ein Prospekt des Glücksseminars von Dr. von Rehheim. Eine Visitenkarte des Doktors fand sich ebenfalls. Dann Ungers Mitschriften aus dem Seminar. Und nicht zuletzt: ein Lieferschein. Rubin überflog den Inhalt. Es handelte sich um die Bestellung einer großen Menge von Glücksspillen durch Dr. von Rehheim.

In einer Mappe entdeckte Rubin fotokopierte Expertisen unterschiedlicher Präparate. Rubin las auf dem Briefkopf den Namen Laotse Inc. Kein Zweifel: Das waren die Untersuchungen, deren Falschheit Beatrice bewiesen hatte.

Rubin winkte Freitag zum Gehen. Er war nachdenklich und ein wenig enttäuscht. Denn das, wonach er vor allem gesucht hatte, war nirgends zu sehen: das Diktiergerät von Beatrice Hofmann. Oder ihr Computer. Oder sonst irgendetwas Konkretes, Greifbares, Wirkliches.

32

Irmgard Rathenow wartete bereits voller Tatendrang unter der Statue von Karl von Otto im Stadtpark auf ihren ehemaligen Schüler Bernstein. Sie hatte einen kopierten historischen Stadtplan von Bad Löwenau auf dem Denkmalsockel ausgebreitet und blickte in alle Himmelsrichtungen. Im Gras befand sich ihr Rucksack mit dem Wichtigsten zum Picknicken: hart gekochte Eier, Butterwaffeln, Äpfel und eine frische Flasche Wacholder.

Dann kam Bernstein.

»Ich bitte vielfach um Entschuldigung, beste Irmgard. Aber ich konnte mich einfach nicht entscheiden, ob ich Hacke und Spaten oder nur Hacke oder nur Spaten für unser archäologisches Date einpacken sollte«, sagte Bernstein.

»Wie ich sehe, hast du eine Entscheidung getroffen«, antwortete Irmgard mit Blick auf seine leeren Hände.

Bernstein grinste und drückte seine alte Lehrerin. Er trug ein weit fallendes naturfarbenes Leinenhemd mit Stehkragen, darüber eine schwarze Kellnerweste. Dazu ein rotes Halstuch mit einem auffallend dicken Knoten, Jeans mit Längsstreifen und schwere schwarze Sicherheitsschuhe, dieselben, wie sie Arbeiter im Tiefbau tragen.

Bernstein studierte mit gezielten Blicken den Stadtplan und spähte in den Park.

Das Licht des späten Vormittags lag weich auf dem Rasen, der ungewöhnlich hoch war, nur sanft an vereinzelten Stellen niedergedrückt, wo tags zuvor Menschen auf ihren Decken entspannt hatten.

Der Kiesweg, von stolzen Platanen gesäumt und von historischen mehrarmigen Straßenleuchten in penibel abgezirkelten Abständen von fünfzehn Metern umstanden, durchschlängelte den kleinen Park von West nach Ost. Der Weg war von Unkraut durchsetzt. Am Rand des Parks standen die Büsche voll und schwer, mit dichtem Unterholz. Darüber konnte man die Silhouette des Marktplatzes erkennen.

Ein Rentnerehepaar saß auf einer Bank, die vom Obstbauverein gesponsert worden war. Zwei Jugendliche joggten vorbei, die Kopfhörer in den Ohren, was sie nicht von einer lebhaften Unterhaltung abhielt.

Plötzlich erklang aus der Ferne Bellen, fröhlich und munter. Es schallte wie ein Signal durch den stillen Park. Kurz darauf preschte Freitag mit wehendem Fell heran und begrüßte Bernstein und Irmgard.

Rubin folgte.

33

»Du kommst goldrichtig, Rubin«, rief Bernstein. »Wir stehen kurz vor einer sensationellen Entdeckung, welche wahrscheinlich die Notwendigkeit nach sich ziehen wird, die Geschichte von Bad Löwenau von Grund auf neu zu schreiben.«

»Doch zuvor hätte ich da noch etwas zur Inspiration«, sagte Irmgard und griff in ihren Rucksack. Sie holte die Flasche Wacholder hervor.

Rubin winkte höflich ab. »Später«, sagte er und berichtete von seinen Erlebnissen bei der Gegenüberstellung.

»Meiner Treu, dieser Unger windet sich wie ein Aal im Whirlpool«, bemerkte Bernstein.

»Eins hat mich besonders erstaunt«, sagte Rubin. »Kai Unger verfügt über eine ausgezeichnete Kenntnis von unserem Stadtpark.«

»Kein Wunder, er hatte einen ganzen Abend Zeit, den hiesigen Landschaftsbau einer eingehenden Studie zu unterziehen.«

»Da ist noch etwas. Ich habe erfahren, dass Unger mit Dr. von Rehheim eine Geschäftsverbindung unterhält. Von Rehheim hat eine große Menge Glückspillen bestellt.«

»Woher weißt du das?«, fragte Bernstein.

»Ich habe in Ungers Hotelzimmer einen Lieferschein gefunden.«

»Wie? Du bist in sein Hotelzimmer eingedrungen? Ohne Durchsuchungsbefehl?«

»Gefahr in Verzug, Bernstein.«

Bernstein grinste und tippte mit der Spitze des Zeigefingers gegen seine Nase: »Ganz meine Rede. Ich handle auch immer nur bei Gefahr in Verzug.«

Rubin legte die Hand auf die Schulter des Freundes und

fragte: »Wisst ihr etwas von einer Mauerruine hier im Stadtpark?«

»Du meinst die Reste des alten Gesindehauses? Mir scheint, der fremde Quacksalber kennt sich in unserer Grünanlage besser aus als du, mein Lieber«, sagte Bernstein.

»Früher gab es die Mauerruine noch nicht.«

»Doch, die gab es schon«, entgegnete Irmgard. »Sie war bloß in einem heruntergekommenen Zustand, wenn ich das mal so sagen darf. Übrigens ebenso wie der Zugang zum alten Eiskeller. Erst in letzter Zeit ist die Stadtverwaltung auf den Gedanken gekommen, ein paar schicke Ruinen mit ein paar Büschen und Rhododendron davor könnten für romantisches Flair sorgen.«

»Du meinst die Mauerreste dort drüben?« Rubin zeigte auf eine Hecke in Richtung Marktplatz, aus der es in Grautönen hervorschimmerte.

Bernstein nickte.

»Kai Unger hat auf eine Mauer hingewiesen. Ich habe nicht verstanden, was er sagen wollte«, bemerkte Rubin.

Irmgard zeigte auf einen Vermerk in der Karte. »Hier, Jungs, seht es euch an! Das ist die Ruine des Gesindehauses, und gleich daneben muss der historische Eiskeller sein.«

»Was ist ein Eiskeller?«, fragte Rubin.

»Etwas, das es heute nicht mehr gibt. Ein kühler Platz in der Präkühlschrankzeit. Es diente in meiner Jugend auch als geheimes Örtchen, wo man ungestört sein konnte.«

Bernstein spitzte die Ohren. »Ein geheimes verschwiegenes Örtchen«, wiederholte er, »an dem man tun und lassen kann, was man will.«

»Aber nur, wenn es beide wollen«, grinste Irmgard.

»Genau das ist der springende Punkt, du weiseste aller Lehrerinnen.«

Rubin und Bernstein blickten einander an. Dann sondierten sie die Lage: Es gab zwei Eingänge zum Park, einen von

Westen, einen von Osten, der Marktplatz lag im Norden. Wenn Beatrice nach dem Unfall zurück zum Hotel gelaufen war, wie Stadtrat Röder behauptete, dann war sie von Südwesten gekommen. Das heißt, sie hatte, als sie den Park betrat, den westlichen Zugang genommen.

»Aber warum sollte sie überhaupt durch den Park gegangen sein?«, fragte Rubin.

»Vielleicht, weil sie ein netter Herr hineingelockt hat«, sagte Bernstein und wies in die Richtung des westlichen Zugangs. »Ich habe keinen Zweifel: Auf diesem unkrautgesäumten, doch nächtlich fein illuminierten Traumpfad wandelte jüngst ein ungleiches Paar, das sich, wenn auch nicht zufällig, so doch überraschend am Westende des Parks zu einem finalen Tête-à-Tête getroffen hat. Deinen Arm bitte, Irmgard.«

»Wie bitte? Du bist aber stürmisch, Carl.«

»Manchmal gehen die Gäule des Temperaments einfach mit mir durch. Wir sind jetzt ein Paar. Komm mit.«

Sie verließen die Statue und gingen zurück zum Parkeingang.

»Was machst du mit mir, Carl?«

»Das wirst du bald erfahren.«

Sie betraten den Park von Neuem, Rubin und Freitag an ihrer Seite. Sie schritten sehr langsam und mit größtem Bedacht voran. An manchen Stellen war die Sicht auf den Marktplatz sehr gut, und man konnte sogar Menschen erkennen. An anderen war nur Dickicht. Rubin erinnerte daran, dass vor zwei Nächten Vollmond gewesen war.

»Unser Paar schritt sanft dahin im Mondlicht«, sagte Bernstein.

»Und zudem im Schein der Wegbeleuchtung. Gut sichtbar für jeden, der zufällig vorüberkam«, ergänzte Rubin.

Bernstein und Irmgard schritten weiter. Rubin richtete seinen Blick jetzt auf den Rasen. »Stopp!«, rief er plötzlich.

Bernstein und Irmgard blieben stehen. Bernstein nickte zustimmend. »Hier ist das Gras niedergedrückt.«

Er machte einen Schritt zur Seite, verließ den Kiesweg und folgte der Spur auf dem Rasen. Es sah nach einem Trampelpfad aus, den die Leute zur Abkürzung benutzten.

»Wie ich mir schon dachte. Die Spuren führen zum ehemaligen Gesindehaus mit dem Eiskeller. Außerhalb des Lichterscheins in finsterer Verschwiegenheit.«

»Wir müssen den Pfad Stück für Stück untersuchen«, sagte Rubin.

»Vielen Dank für deine Assistenz, Irmgard«, sagte Bernstein und löste seinen Arm. Im nächsten Augenblick warf er sich auf die Knie und kroch durch das Gras. Irmgard machte große Augen. Freitag wusste zwar auch nicht, was Bernstein suchte, doch er war augenblicklich zur Stelle, schnüffelte und witterte mit. Zwischendrin brachte er Stöckchen und sogar einen verfilzten Tennisball.

Passanten, die auf dem Kiesweg unter den Platanen vorübergingen, schüttelten ungläubig die Köpfe, während Bernstein seinen Weg auf allen vieren unverdrossen fortsetzte. Bis zu den Mauerresten in den Büschen waren es nur noch wenige Meter.

»Nichts, ich fasse es nicht. Keine Spur«, rief Bernstein und schlug auf die Erde.

Rubin schritt dicht an seiner Seite, den Kopf so tief vornübergebeugt, dass sich sein Rücken schon wieder meldete.

»Was um alles in der Welt suchst du da im Gras?«, fragte Irmgard.

Bernstein blickte kurz auf. »Den Seismograf der Wahrheit, das wichtigste Utensil eines jeden Journalisten: Beatrice' Diktiergerät.«

Er durchkämmte weiter den Rasen, Rubin an seiner Seite bewegte sich im Zeitlupentempo.

Plötzlich schlug Freitag an. Er war aufgeregt und hatte

etwas in seinem Maul – rund, glatt und dunkelrot: eine Puderdose.

»Braver Freitag«, lobte Rubin und streichelte das Fell des Golden Retrievers.

»Treffer. Wir liegen goldrichtig«, ergänzte Bernstein und stieß die Faust in die Luft. »Beatrice selbst zeigt uns den Weg.«

Er bewegte sich weiter voran, mit tastenden Fingern und in gebannter Spannung. Dann hielt er plötzlich inne und pfiff durch die Zähne. Er griff nach einem Gegenstand und hielt ihn stolz wie ein Zepter in die Höhe: ein Lippenstift.

»Sie legt uns Brotkrumen aus«, sagte Rubin nachdenklich.

Jetzt waren sie kurz vor der Mauerruine angelangt. Ungeduldig richtete sich Bernstein auf, eilte schnellen Schrittes voraus und blieb vor dem Dickicht mit den dahinter durchblitzenden Mauerresten stehen. Rubin folgte. Sein Blick fiel auf eine Bodenplatte aus Metall mit der Aufschrift »Betreten verboten«.

»Das muss der Eingang zum alten Eiskeller sein«, sagte Irmgard.

Eine Vorrichtung für ein Vorhängeschloss war rechtsseitig vorhanden, doch die Tür war nicht verschlossen. Vor der Bodenplatte war das Gras besonders stark niedergedrückt, als hätte dort jemand lange Zeit gestanden oder einen schweren Gegenstand liegen lassen.

Rubin ließ Bernstein den Vortritt, der mit Schwung die schwere quietschende Tür aufriss. Ein verschimmelter, modriger Gestank schlug ihnen entgegen. Auf den ersten Stufen entdeckten sie, was sie niemals erwartet hatten: einen halb leeren Kasten mit Bad Löwenauer Bier.

Die Freunde starrten einander an. Dann sahen sie: Ein Schminkspiegel lag zerbrochen daneben.

»Also gut«, sagte Bernstein. »Steigen wir hinab in die Finsternis.« Er setzte vorsichtig einen Fuß neben den Bierkasten und erreichte die nächste Stufe. Rubin war dicht hinter ihm. Die Kellertreppe war eng, bot gerade so für zwei Männer Platz. Während er nach Halt suchte, kam Rubin eine undeutliche Erinnerung an seinen Traum vor zwei Nächten in den Sinn.

Sie warteten, bis ihre Augen sich an die Dunkelheit gewöhnt hatten. Starres Entsetzen erfasste sie. Ausgestreckt über den Stufen, den Kopf schräg auf der linken Schulter ruhend, lag sie – die Leiche von Beatrice Hofmann.

Bernstein musste schlucken. Sie trug ein rotes Kleid und sah noch im Tod blendend aus, eine romantische Schönheit, eine tragische Ophelia im Eiskeller.

Der Anblick der Leiche versetzte Rubin in starres Entsetzen. Wie konnte das sein? War Beatrice die Frau, die er im Traum verfolgt hatte?

Sie traten wieder hinaus ins Licht.

Rubins Herz schlug schneller. Es ist ein Zufall, versuchte er sich zu beruhigen. Reiner Zufall, mehr nicht. Und doch war er nicht überzeugt. Er hatte deutlich den Schimmelgestank aus seinem Traum wiedererkannt. Allerdings war die Erinnerung auch sehr verschwommen. Es konnte gut sein, dass er im Nachhinein etwas dazudichtete, das niemals da gewesen war. Er rief Freitag zu sich und streichelte seinen Kopf. Danach ging es ihm besser.

Unterdessen wandte sich Bernstein dem Bierkasten zu. Er nahm eine Flasche heraus. Sie war gut gekühlt, daran gab es nichts zu rütteln. Bernstein schlug den Kronenkorken am Kastenrand ab, trank einen kräftigen Zug und reichte Rubin die Flasche. Auch er nahm einen langen Schluck. Als Irmgard an die Reihe kam, war anschließend die Flasche leer.

Bernstein sagte: »Es ist unzweifelhaft, wer Eigentümer dieses kühlen, allzeit gesunden Zischbiers ist. Unser Hausmeister Schulte ist, wie ich weiß, auch für den Stadtpark zuständig. Er hat offenbar bei seinen Rundgängen durch die Stadt den alten Eiskeller wieder seiner ursprünglichen Bestimmung zugeführt und kühlt hier an heißen Tagen sein Pausenbierchen. Leider hat er vergessen, wieder abzuschließen.«

»Und das hat jemand ausgenutzt«, sagte Rubin. »Wir müssen noch einmal hinab.«

»Ich gehe vor«, sagte Bernstein und schlängelte sich an der fassungslosen Irmgard vorbei in den Eiskeller. Sie begaben sich nun tiefer auf der Treppe hinab, so weit sie ohne Taschenlampe gelangen konnten, vorbei an der Leiche, an deren Hals Rubin Zeichen einer Strangulation entdecken konnte.

Bernstein stoppte. Er konnte jetzt nichts mehr sehen, tastete vorsichtig nach allen Richtungen, und nach einer Weile hatte er eine Lederhandtasche in der Hand. Er nahm sie an sich, und die beiden Freunde bewegten sich wieder hinaus, um das Fundstück in Augenschein zu nehmen.

Sie drückten sich umständlich an der Leiche vorbei, doch kurz bevor sie den oberen Absatz der Kellertreppe erreicht hatten, kam zuerst Rubin leicht und kurz darauf an derselben Stelle Bernstein schwer ins Stolpern. Im Versuch, Halt zu finden, riss er sich die Haut am rechten Unterarm an einem rostigen Nagel in der Wand auf.

»Donnerkeil noch eins!«, rief Bernstein wütend und trat auf den Rasen zurück ins Licht. Bernstein untersuchte die Wunde, die gleich stark zu bluten begonnen hatte, während Rubin den Nagel in Augenschein nahm. »Die Spitze ist ohne Rost. Es würde mich nicht überraschen, wenn vor dir jemandem dasselbe passiert wäre.«

Bernstein rieb sich den Arm und entfernte das Blut mit Spucke.

»Du erinnerst dich, dass Kai Unger seine Hemdsärmel geschlossen trägt?«

»Weil er wohl eine allzu hässliche und verräterische Wunde verbergen will«, kombinierte Bernstein und öffnete die Damenhandtasche. Sie war nahezu leer. »Folglich muss das Diktiergerät noch irgendwo hier sein.« Er blickte sich um. »Nun gut, zugegeben, es ist ein wenig so, wie eine schwarze Socke in einer Dunkelkammer zu finden. Aber auch das soll schon gelungen sein.«

Unterdessen griff Rubin zum Telefon und wählte die Nummer von Jana Cerni. Es klingelte, doch niemand meldete sich. »Seltsam«, sagte Rubin und versuchte es ein zweites Mal. Wieder nichts. Kein Zeichen von seiner Mitarbeiterin.

Er probierte es auf dem Handy von Polizeiobermeister Schwarze. Der hatte auch nichts von seiner Kollegin gehört.

»Wo sind Sie gerade, Schwarze?«

»Ich führe eine Befragung am Löwenbrunnen durch, Chef.«

»Bleiben Sie dort, ich bin in wenigen Minuten bei Ihnen.« Und nachdem er aufgelegt hatte, sagte er zu Bernstein: »Kommst du mit? Ich glaube, da ist etwas nicht in Ordnung.«

»Nein, geh allein«, antwortete Bernstein überraschend. »Ich bleibe hier. Ich suche weiter. Wir haben noch nicht alle Brotkrumen zusammen. Ich finde den Seismograf der Wahrheit!«

34

Rubin und Schwarze klingelten an der Tür der Praxis von Peng Ching im Gebäude der Adler-Apotheke auf dem Marktplatz. Niemand öffnete. Ein weiteres Mal wählte Rubin die Nummer seiner Kollegin Jana Cerni. Keine Meldung.

Sie klopften, wieder und wieder. Niemand öffnete, auch waren keine Stimmen von drinnen vernehmbar. Die Tür, sah Rubin, war nicht besonders dick. Er wusste sich keinen anderen Rat: Er bat Schwarze, sie einzutreten. Der Polizeiobermeister rollte mit den Augen, aber Befehl war Befehl. Er brauchte insgesamt neun Tritte gegen das Schloss, bis das Türholz zersplitterte.

Drinnen war niemand, der Empfang war unbesetzt, das Wartezimmer leer. Zeitschriften lagen aufgeschlagen auf Tisch und Boden. Einsam und verlassen prangte das Hinweisschild: »Erkenne dich selbst!«.

»Jana Cerni?«, rief Rubin.

Schwarze rief: »Herr Ching!«

Nichts.

Sie riefen wieder. Dann endlich erhielten sie Antwort. Sie erklang dumpf und mehrstimmig aus einem Zimmer am Ende des Flures. Auch diese Tür war verschlossen, doch Schwarze hatte jetzt schon Übung. Drei gezielte Tritte rissen das Türblatt aus dem Schloss.

In dem kleinen Behandlungszimmer mit einer Pritsche und einem Computer, der allerdings nicht angestellt war, saßen sie alle auf dem Boden, gefesselt und geknebelt: Jana Cerni, der chinesische Naturmediziner Peng Ching, seine Sprechstundenhilfe und zwei Damen in deutlich vorgerücktem Alter. Als Fesseln und Knebel dienten Mullbinden verschiedenster Farbe und Fadenstärke.

Die Polizistin war aufgelöst. Sie blutete aus einer Wunde über dem linken Auge. Als Rubin sie befreite, stöhnte sie. »Wie schrecklich, Chef! Ich hätte es verhindern müssen.«

»Sind Sie in Ordnung?«

»Ja, ich denke schon.«

»Zum Glück. Wie hat Unger Sie überrumpeln können?«, fragte Rubin.

»Meister Ching wollte ihm gerade Blut abnehmen, und ich kann doch so schlecht Blut sehen. Da habe ich weggeschaut, und den Moment hat er genutzt und mir seine Faust gegen die Brust geschlagen. Ich bin getaumelt und mit dem Kopf an der Stuhllehne angeschlagen. Ich glaube, ich habe kurz das Bewusstsein verloren. In der Zwischenzeit hat er meine Waffe aus dem Halfter gerissen. Er hat alle gezwungen, sich in diesem Raum zu versammeln und die Handys abzugeben. Wir mussten uns gegenseitig fesseln und knebeln. Wir hatten keine Chance.«

»Wissen Sie, was er vorhat?«

»Nein, leider nicht. Er hat nicht viel gesagt. Nur andauernd geschrien und geglotzt, mit seinen großen starren Augen und diesem wirren Blick.«

Rubin drückte die Hand der Polizistin. Das wirkte beruhigend auf sie, während Schwarze die anderen Gefangenen nach und nach befreite. Peng Ching bedankte sich freundlich bei den Polizisten und begab sich mit einem gütigen Lächeln augenblicklich an die Behandlung von Jana Cerni.

35

Währenddessen kroch Bernstein im Stadtpark erneut auf allen vieren durchs Gras. Diesmal aber den Weg zurück von der Mauerruine zum Kiesweg.

»Ich würde ja mit dir durchs Gras kriechen, Carl«, sagte Irmgard. »Aber in meinem Alter ist das keine so gute Idee.«

»Entschuldigung angenommen«, murmelte Bernstein. Er hatte kaum ihre Worte wahrgenommen, so sehr war er auf das Objekt seiner Suche fixiert.

Er tastete und tastete, immer weiter, aber es war vergebens. Er schwitzte und stöhnte und war fast schon wieder auf dem Kiesweg angekommen, da spürte er plötzlich einen harten Gegenstand im hohen Gras neben dem Pfad.

Endlich! Gefunden – das Diktiergerät.

Bernstein atmete auf.

Es handelte sich um dasselbe Model, das er auch besaß. Er schaltete es ein, aber es funktionierte nicht. Er zog sein eigenes aus der Hosentasche und ersetzte die verbrauchten Batterien durch die neuen aus seinem Gerät. Dann drückte er die Playtaste und hielt den Mini-Lautsprecher nah an sein Ohr, während er Irmgard zum Abschied schmatzend auf die Wange küsste.

36

Kurz drauf klingelte Bernsteins Telefon, und Rubin schilderte, was geschehen war.

»Wohin kann er geflohen sein?«, fragte Bernstein.

»Zu seinem Geschäftspartner, mit dem er noch eine offene Rechnung hat«, entgegnete Rubin. »Dr. von Rehheim. Ich bin schon auf dem Weg.«

»Treffen wir uns in der Klinik!«

Bernstein war als Erster vor Ort, Rubin folgte mit Freitag und Schwarze kurz darauf. Bernstein sagte kein Wort, sondern deutete lediglich auf das gefundene Diktiergerät.

Rubin nickte. Dann erkundigten sie sich eilends beim Empfang nach der Praxis von Dr. von Rehheim.

»Also, Sie gehen …«

Sie durcheilten die Flure der Seniorenresidenz. Es war der kürzeste Weg zu den Facharztpraxen mit ihren schicken Eingangsbereichen und Türen in unterschiedlichen Farben – Internisten, Radiologen, Logopäden. Dr. von Rehheims Praxis befand sich gleich hinter einem Psychoanalytiker.

Sie klingelten an der Praxistür, die sich automatisch öffnete. Am Empfang begrüßte sie eine hoch motivierte Sprechstundenhilfe in einem rosafarbenen Kittel. Das Wartezimmer war überfüllt. »Der Herr Doktor ist in Behandlungsraum drei bei einem Notfall.«

»Worum handelt es sich?«

»Ein Mann mit starkem Fieber.«

Sie eilten zu Behandlungsraum drei. Die Tür war nicht verschlossen, dahinter herrschte Stille. Sie traten ein. Der Raum war leer. Es gab eine Tür hinaus in den Kurgarten, die weit offen stand.

Über eine schmale Freitreppe stürmten sie hinaus, Freitag voraus. Draußen erblickten sie sie. Kai Unger stand, Dr. von Rehheim kniete neben ihm. Der Pharmareferent bedrohte den Glücksmediziner mit der Dienstwaffe von Jana Cerni.

Freitags wütendes Bellen alarmierte Unger. Augenblicklich richtete er die Waffe auf die Ankommenden. Dann wieder auf Dr. von Rehheim. Er hielt die Pistole mit der rechten Hand, und wieder waren seine Hemdsärmel geschlossen, doch der Stoff war bis zum Ellbogen blutdurchtränkt.

»Halt! Hauen Sie ab! Ich meine es ernst.«

»Legen Sie sofort die Waffe nieder!«, befahl Rubin.

Unger schüttelte den Kopf, Schweißperlen rannen über seine Wangen. Seine Augen waren tatsächlich, wie Jana Cerni beschrieben hatte, gespenstisch groß wie im Wahn.

Sie kreisten ihn ein, Rubin positionierte sich direkt gegenüber, Bernstein breitbeinig und mit verschränkten Armen links, Schwarze rechts von ihm, die Waffe direkt auf den Oberkörper Ungers gerichtet.

»Sie haben nichts gegen mich in der Hand«, rief Unger mit letzter Kraft und sich überschlagender Stimme, während er mit der freien Hand den Schweiß von der Stirn wischte. »Alle Welt hat es auf mich abgesehen. Ich bin ein Opfer der Scheinheiligkeit!«

»Gib es auf, Kai! Es hat keinen Sinn«, sagte Dr. von Rehheim halblaut und blickte zu Unger hinauf. Er zitterte, nicht zuletzt auch deswegen, weil er sehr unbequem kniete.

Rubin sagte nichts, er beobachtete und hörte zu.

»Ha, jetzt kommst du mir so! Hätten wir nicht ein gutes Geschäft machen können? Wir hätten phantastisch verdienen und die ganze Klinik mit Pillen versorgen können.«

Unger machte eine kreisende Bewegung mit der freien Hand, was zur Folge hatte, dass auch der Lauf der Pistole sich unwillkürlich mal auf Rubin, dann auf Bernstein und schließlich wieder auf den Glücksmediziner richtete.

»Es war kein sauberes Geschäft«, sagte Dr. von Rehheim.

Unger schluckte schwer und verzog den Mund. »Auf einmal kommen dir Zweifel, he! Hattest du die auch, als ich dich nach Teneriffa eingeladen habe?«

»Ich habe meine Rechnungen selbst bezahlt.«

»Ja, die Kaffeerechnungen, du Heuchler! Komisch, dass du deine Zweifel erst bekommen hast, als dir die Sache zu heiß geworden ist. Du hast den falschen Leuten geglaubt.«

»Ich habe die Gutachten gelesen.«

»Hast du sie tatsächlich gelesen, oder nur die Zusammenfassungen von Beatrice?«

»Du hast billigend in Kauf genommen, dass Menschen mit deinen Medikamenten vergiftet werden«, sagte Dr. von Rehheim jetzt mit deutlich mehr Selbstbewusstsein.

»Das hast du doch alles von Beatrice. Sie hat die Gerüchte gesät, diese Heilige in Stöckelschuhen! Sie hat alles verdorben. Was will sie überhaupt? Sie will doch nur recht behalten. Geht es ihr um die Wahrheit? Nein. Sie will eine Story – das ist alles!«

Kai Unger presste die Mündung fest gegen die Schläfe von Dr. von Rehheim. Rubin trat grimmig einen Schritt auf ihn zu und zog nun auch seine Waffe. »Schluss jetzt«, gebot er.

Rubin zielte mit ausgestrecktem Arm auf den Kopf des Pharmareferenten, der dem Hauptkommissar sofort zitternd seine Waffe entgegenstreckte.

So standen sie einander gegenüber, zwei Duellanten, mit Bernstein und Schwarze als Adjutanten, und Freitag, der sich im Gras niedergelassen hatte und aufmerksam die Szene verfolgte.

Dr. von Rehheim richtete sich langsam und mühevoll auf. »Du hast unrecht. Beatrice geht es sehr wohl um die Wahrheit. Sie hat sogar dafür ihre Gesundheit aufs Spiel gesetzt. Deine Pillen haben sie krank gemacht.«

Unger hielt nach wie vor die Waffe auf Rubin gerichtet,

während er unter stockendem Atmen hervorbrachte: »Klar, dass du Beatrice verteidigst. Du bist doch heimlich in sie verliebt gewesen! Du warst es schon damals in der Großen Stadt, nicht wahr? Als ich euch jetzt im Seminar gesehen habe, war mir sofort klar, dass du sie noch immer liebst. Aber du hast nicht die Eier in der Hose gehabt, es ihr zu gestehen. War wohl eine Nummer zu groß für dich!«

»Wie konnte ich mich nur so in dir täuschen«, sagte Dr. von Rehheim. »Ich dachte, ich hätte einen Mitstreiter gefunden. Ich dachte, wir hätten ein gemeinsames Ziel. Ein gutes Ziel. Die Menschen glücklich zu machen.«

Unger sah ihn verächtlich an und ließ für einen Augenblick die Waffe sinken. Dann richtete er sie erneut auf Rubins Kopf, der bewegungslos wie ein Fels dastand.

»Du bist ein Träumer«, giftete Unger in von Rehheims Richtung. »Und genauso ein beschissener Idealist wie Beatrice. Ihr hättet ein tolles Paar abgegeben.«

Plötzlich begann er zu schwanken. Rubin spürte, jetzt war der Zeitpunkt zum Handeln gekommen. »Da ist ja Beatrice!«, rief er überrascht und deutete auf einen unsichtbaren Punkt hinter dem Pharmareferenten. Dr. von Rehheim reckte sofort seinen Kopf, während Bernstein Rubins Taktik begriff und winkend verkündete: »Meiner Seel, und sie hat ihren Computer mitgebracht!«

Doch Kai Unger lachte nur: »Ha, ein billiger Trick. Da hätte ich Ihnen mehr zugetraut.«

»Warum sind Sie so sicher, dass Beatrice nicht hinter Ihnen steht?«, fragte Rubin.

Unger riss die Augen auf und sagte nichts.

»Und was Ihnen Bezauberndes entgeht … Beatrice trägt ihr rotes Abendkleid«, setzte Bernstein noch einen drauf.

Da hielt Unger es nicht länger aus. Er wandte sich um. Für einen winzigen Moment zielte seine Waffe ins Nirgendwo. Er starrte verwirrt und beinahe überrascht auf die leere Wiese, die einsamen Birken hinter ihm. Und noch bevor er sich wieder umdrehen konnte, trat Rubin mit aller Kraft gegen seinen rechten Arm. Es krachte, die Waffe glitt ihm aus der Hand, er schrie, dann stürzte er ins Gras, und Rubin setzte den Fuß auf seinen Hals.

Schwarze sprang sofort dazu und wollte Unger Handschellen anlegen. Aber Rubin winkte ab. »Ich schätze, sein Arm ist gebrochen. Lassen Sie.«

Nach einer Weile fing sich Kai Unger wieder. Er stöhnte, und der Schweiß lief ihm über das erhitzte Gesicht. Seine Lippen bebten. »Guter Trick, Herr Rubin«, flüsterte er. »Aber Sie haben trotzdem keine Beweise, dass ich mit dem Verschwinden von Beatrice etwas zu tun habe. Nichts, nicht einen einzigen.«

Er brach in ein krankes, fiebriges Gelächter aus.

»Bei allen Detektiven und Inspektoren! Das sehe ich etwas anders«, sagte Bernstein und schwang sich in Position.

37

»Gestatten Sie, Herr Unger, dass ich Ihnen den vergangenen Samstagabend in die gnädige Erinnerung rufe«, begann er, indem er mit festen entschlossenen Schritten auf und ab ging. »Es war eine Bilderbuchnacht in Bad Löwenau. Sie schlenderten als einsamer Flaneur über den Marktplatz. Kaum zu glauben – hatte ein attraktiver, erfolgreicher Mann wie Sie keine Verabredung an diesem lauen Abend? Zunächst nicht. Doch Sie harrten der Dinge, die da kommen sollten. Sie übten sich in etwas, das für Liebhaber wie für Schurken die Königsdisziplin darstellt: Geduld! Sie warteten, denn Sie hatten Zeit.«

Bernstein blieb stehen, blickte in den Himmel und ließ genüsslich die Zeit verstreichen. Dann sagte er: »Jedoch vor allem anderen hatten Sie – Glück! Die Dame Ihres Begehrens lief Ihnen geradewegs in die Arme, und zwar exakt unterhalb des Marktplatzes, am westlichen Zugang in den Stadtpark!«

»Was soll das denn jetzt? Das ist doch vollkommen frei erfunden.« Ungers Stimme klang wieder überraschend fest und selbstsicher.

»Sie trafen auf eine bestürzte Beatrice«, fuhr Bernstein unbeeindruckt fort. »Gerade hatte sie ein ernüchterndes Erlebnis mit einem aufstrebenden Repräsentanten unserer Stadt. Ihr Maß an Aufregung war für diesen Abend mehr als erfüllt. Und nun kamen ausgerechnet Sie des Weges, Sie, gegen den Beatrice schwere Vorwürfe erhob. Doch, wie überraschend: Sie waren die Zuvorkommenheit in Person. Kein Groll war mehr zu spüren, keine alberne Feindseligkeit wie noch am Nachmittag. Sie boten Beatrice die Friedenspfeife und einen galanten Arm für einen Nachtspaziergang an. ›Lass uns eine gütliche Lösung finden‹, sagten Sie.«

»Was für ein Quatsch. Der reinste Blödsinn.«

»Überraschenderweise ging Beatrice sogleich mit großem Verständnis auf Ihre falschen Worte und die Offerte ein. Was sollen sich auch zwei intelligente Menschen über Bagatellen streiten, nicht wahr? Sie kamen zu einem Agreement zwischen Lady und Gentleman. Beatrice versprach, in ihrer Artikelserie die Namen vita beata activa und die Glückspille ›light & free‹ unerwähnt zu lassen. Im Gegenzug würden Sie eindeutige Unterlagen zur Belastung anderer Pharmaunternehmen vorlegen. Alles ordentlich in Umschläge verpackt. Beatrice sollte sich überdies nicht wundern, wenn in einem der Umschläge eine bescheidene Entschädigung für eventuell entstandene Unannehmlichkeiten enthalten sei.«

»Phantasie, reine Phantasie, ein Hirngespinst!«, rief Kai Unger.

»Beatrice ließ sich auf das Spiel ein. Doch nur zum Schein. Sie wandelten gemeinsam auf dem Kiesweg im Park. Ein ungleiches Paar im Laternenschein. Deutlich vernahmen Sie das Mahlen der Kiesel unter Ihren Füßen. Doch für das, Herr Unger, was Sie im Sinn hatten, war der Weg entschieden zu hell beleuchtet. War es nicht auch überhaupt viel romantischer im weichen stillschweigenden Gras? Sie verließen den Weg. Niemand sonst war zu sehen. Nur Beatrice und Sie waren im Park.«

Kai Unger bebte am ganzen Körper, seine Augen waren starr auf Bernstein gerichtet, der unbeeindruckt fortfuhr: »Und nun ging alles sehr schnell. Sie zerrten sie weiter in die Dunkelheit und schlugen ihr zweimal ins Gesicht. Sie fiel zu Boden, aber Sie schleiften sie weiter, tiefer in die Dunkelheit. Sie kannten Ihr Ziel genau. Beatrice schrie: ›Du Schwein, ich werde dich zur Verantwortung ziehen!‹«

»Ha, das ist doch absurd!«

»Sie wehrte sich nach Kräften, doch vergeblich. Sie hatten sie, wo Sie sie haben wollten. Genau vor der Mauerruine, vor der Bodentür des historischen Eiskellers. Beatrice blieb bald keine Luft mehr, um nach Hilfe zu schreien. Zwei grausam starke Hände brachten ihre letzten Schreie zum Ersterben.

Kurz darauf lag der Park wieder in nächtlicher Ruhe, und Sie warfen die Leiche die Treppe hinab in den alten Eiskeller.«

»Igitt, Sie haben ja eine ekelhafte Phantasie. Woher wollen Sie das alles wissen?«

Bernstein streckte Unger das Diktiergerät von Beatrice Hofmann entgegen. »Das haben Sie uns alles selbst erzählt!«

Der Pharmareferent starrte stumm und zitternd auf das Beweisstück in Bernsteins Hand.

»Und falls es eines weiteren Belegs bedarf, so tragen Sie ihn am eigenen Leib. Sie und ich teilen ihn übrigens in gewisser Weise.«

Bernstein deutete auf eine blasse Wunde an seinem rechten Unterarm. »Wenn mich nicht alles täuscht, sollte sich Ihr rechter Arm durch die Attacke eines arglistigen Nagels in der Wand des Eiskellers in einem durchaus bedauernswerten Zustand befinden.«

Rubin übernahm die Enthüllung des zweiten Beweises. Mit einem entschlossenen Ruck riss er den rechten Hemdsärmel Ungers auf und entblößte eine tiefrote eitrige Wunde. Der Wundbrand, der Grund für seine Fieberanfälle, hatte bereits weit um sich gegriffen. Obwohl sein Arm gebrochen war, verzog Kai Unger keine Miene.

»Dr. von Rehheim, bitte walten Sie Ihres Amtes«, sagte Rubin.

38

Dann, kaum eine Stunde später, nachdem Kai Unger der Staatsanwaltschaft überstellt worden war, begann es zu regnen.

Ein fein nieselnder, doch unangenehmer und grauer Regen senkte sich auf Bad Löwenau, der augenblicklich das Kopfsteinpflaster am Marktplatz in eine glitschige Rutschbahn verwandelte.

Überall in der Stadt verbreitete sich der Geruch von nassem Staub. Er hielt sich hartnäckig bis in die Abendstunden, selbst nachdem der Regen aufgehört hatte. Auch war es deutlich kühler geworden.

War dies das Ende des Sommers?

Vielleicht, doch nicht alle wollten es wahrhaben. Einige Hartgesottene trotzten eisern den Boten des Herbstes und bestanden darauf, ihr Abendessen draußen auf den blauschwarzen Sitzgarnituren von »Da Ricardo« einzunehmen.

Die meisten allerdings hatten sich hineinbegeben. So hielten es auch die Freunde. Sie hatten einen Tisch mit Blick auf den Löwenbrunnen.

Im Restaurant war wieder einmal die Hölle los. Ricardo lief unermüdlich auf und ab und rief seiner Frau Caterina über die Köpfe der Gäste hinweg die Bestellungen zu.

Rubin und Bernstein hatten an diesem Abend einen Ehrengast an ihren Tisch eingeladen: Es war Irmgard, denn beide hatten das Gefühl, sie waren ihrer ehemaligen Lehrerin nach den Aufregungen des Vormittags eine Wiedergutmachung schuldig.

Ricardo begrüßte die Dame mit Handkuss: »Sage isse *herzlich willkomme*, Irmgarde. Is große Ehre. Ach, was is schlimme Sache mit bella Beatrice!« Er seufzte und blickte sehr traurig drein. Dann fragte er: »Nun sage, wasse wolle esse, habe ich heute –«

»Dreimal Glückssalat, bitte!«, fiel ihm Bernstein ins Wort.

Ricardo rollte verblüfft mit den Augen. Rubin und Irmgard wunderten sich.

»War nur ein Scherz«, winkte Bernstein ab, und Ricardo vervollständigte grinsend: »Wolle mit oder ohne Dressing?«

»Was hättest du sonst noch?«, fragte Rubin.

»Oh, habe isse heute schöne Lachse mit Tagliatelle. Dazu Bohne und Specke. *Bellissimo!*«

Alle nickten.

»Und für Freitag schöne frische Knoche. *Subito!*«

Nachdem Ricardo verschwunden war, wurde Rubin nachdenklich. Er dachte an das, was nur wenige Stunden hinter ihnen lag. »Ich bewundere, wie geistesgegenwärtig Beatrice war. In einer solchen Situation ihr Diktiergerät einzuschalten …«

»Sie war eine Journalistin durch und durch und hat sich oder ihre Gesundheit nie geschont«, antwortete Bernstein.

»Sie hat bis zuletzt belastendes Beweismaterial gesammelt.«

»Und den künftigen Aufklärern ihres Todes Zeichen gegeben.«

»Glaubst du, dass sie die Gefahr des Todes geahnt hat, Bernstein?«

»Spätestens, als sie halb bewusstlos vor der Bodentür des Eiskellers lag.«

Rubin nippte an seinem Bier und blickte hinaus. »Kai Unger hat alles genau geplant. Nachdem er das Versteck für die Leiche auf seinem Spaziergang im Stadtpark gefunden hatte, musste er nur noch eine günstige Gelegenheit abwarten.«

»Folglich trifft Ludmilla eine große Mitschuld.«

»Ludmilla?«

»Ja, Vitalis neue Freundin. Hätte sie nicht mit ihren grenzenlosen Reizen den jungen Späher in das Lustlager ihres Bettes gelockt, er hätte die Beschattung des Schurken fortgesetzt, und Beatrice wäre vielleicht noch am Leben.«

Rubin schüttelte den Kopf. »Dann müsste Schulte aber auch zur Rechenschaft gezogen werden, weil er die Bodentür offen gelassen hat.«

»Genau, und den Sommer trifft auch eine Schuld, weil die Hitze unseren Hausmeister so durstig gemacht hat.«

»Nicht Schultes Durst ist maßgeblich, sondern seine Nachlässigkeit«, wandte Irmgard ein.

»Wenn wir so weitermachen, ist bald ganz Bad Löwenau schuld«, sagte Rubin.

»Sei getrost, das wird unsere Fürstin schon zu verhindern wissen«, grinste Bernstein.

Irmgard lachte auf, und nach einer Pause sagte Rubin nachdenklich: »Ich werde Beatrice nicht so schnell vergessen. Sie hat viel gewagt für das, was ihr am Herzen lag. Ich frage mich, was nun aus ihrer geplanten Artikelserie wird.«

»Wenn es dumm läuft, werden die Artikel nie erscheinen«, sagte Bernstein. »Oder höchstens in der wohlmeinenden Bearbeitung eines ehrgeizigen Redakteurs, was nicht weniger schrecklich wäre.«

»Könntest du nicht die Artikel zu Ende schreiben, Carl?«, fragte Irmgard.

Bernstein antwortete nicht sofort. Er tippte mit der Spitze seines Zeigefingers gegen die Oberlippe. »Du hast recht. Warum nicht? Ich werde dem verantwortlichen Redakteur in der Großen Stadt ein Angebot machen, das er weder ablehnen kann noch will.«

»Es hätte den Vorteil, dass du die Texte nicht mehr eigens anfordern müsstest«, bemerkte Rubin spitzfindig.

Zur Feier des Tages hatte Irmgard die Flasche Wacholder vom Mittag mitgebracht. »Meint ihr, Ricardo hat etwas dagegen, wenn wir ein Schlückchen nehmen?«

»Nicht, solange er einen Schluck abbekommt«, antwortete Bernstein und rief Ricardo herbei.

Er hatte selbstverständlich nichts einzuwenden. Sie nahmen eine Runde zu viert.

Ricardos Gesicht vollführte beim Schlucken eine Achterbahnfahrt aus den Tiefen der Hölle bis hinauf in die Höhen des Himmels und wieder zurück. Er schüttelte sich, biss die Zähne zusammen und schnalzte mit der Zunge: *»Perfetto!«*, rief er schließlich.

Alle mussten lachen.

Wie an jedem Abend lief auch heute in Ricardos Restaurant der Fernseher. Die ganze Zeit hatte eine Werbesendung die andere abgelöst – Geschirrspülmittel, Rostentferner, Hemdstärke, Rasenmäher mit Hybrid-Technik und biologisch abbaubarer Unkrautentferner. Jetzt folgte eine neue Ausgabe der medizinischen Ratgebersendung mit Dr. von Rehheim auf TV 4, dem Bad Löwenauer Sender.

»Da sieh mal einer an, der Glücksdoktor«, sagte Bernstein.

»Er wirkt im Fernsehen viel größer als in Wirklichkeit«, bemerkte Rubin.

Dr. von Rehheim saß an einem Tisch vor einem Glas Wasser und beantwortete Zuschauerfragen per Telefon.

»Herr Doktor, wenn ich nach dem Essen so ein Völlegefühl habe, ist es dann besser, wenn ich einen Schnaps trinke oder einen Kaffee?«

Er beantwortete mit einer Engelsgeduld und einem unerschütterlichen Dauerlächeln jede auch noch so bescheidene Frage. Er gab sich die größte Mühe und nahm jeden ernst. Jede seiner Antworten waren Kostproben seines Könnens, er sparte weder an wissenschaftlichen Begriffen noch an lustigen Pointen. Immer versprach er Besserung und versuchte zu motivieren.

»Er hat schon was von einem Wunderheiler«, sagte Rubin.

»Und von einem Schulsprecher«, meinte Bernstein.

Dr. von Rehheim gab auch diverse Tipps in Sachen Lebensglück: Finden Sie Ihre Mitte! Sorgen Sie für ausreichend Bewegung! Sagen Sie auch mal Nein! Achten Sie auf Kleinigkeiten! Lachen Sie, anstatt sich zu ärgern! Humor ist der erste Schritt zum Glück.

»Man kann sagen, was man will: Die Menschen glauben ihm«, sagte Rubin.

»Auch die Teilnehmer seines Seminars waren überglücklich«, bestätigte Bernstein.

»Zumindest sahen sie danach aus«, bemerkte Rubin.

»Beim Barte des listigen Epikur!«, rief Bernstein. »Ist das nicht die halbe Miete? Wer sich einbildet, glücklich zu sein, der ist es auch.«

Dann erschien Ricardo mit drei duftenden Essen auf extragroßen Tellern und schielte mit einem Auge auf den Fernseher. »Ah, *dottore von Gluck*! Alle Welt suche Gluck. Aber nur wenige tun finde. Habe isse nie versucht zu suche Gluck, habe ich gleich gefunde – hier isse mei Glucke, mei wunderbare Frau Caterina!«

Er winkte romantisch seiner Frau zu, die gerade eine Ladung Teller abräumte und sich an den voll besetzten Tischen vorbeidrängte. Ricardo warf ihr einen leidenschaftlichen Luftkuss zu, doch sie giftete in akzentfreiem Deutsch zurück: »Du Tagedieb, siehst du nicht, was hier los ist? Marsch mit dir, an die Arbeit!«

»Wie du schon sagst: das perfekte Glück«, sagte Bernstein, und alle lachten, Ricardo am lautesten.

Nach dem Nachtisch begleitete er seine Gäste zur Tür. »*Ciao*, mache gute, *amici*. *Signora*, bis demnächste!«

Ricardo und Bernstein brachten Irmgard nach Hause. Dann gingen auch sie auseinander, in unterschiedlichen Richtungen über das Kopfsteinpflaster des Marktplatzes.

Rubin ließ sich viel Zeit für den Heimweg mit Freitag. Er genoss die Ruhe und beobachtete, wie der Golden

Retriever die Spätnachrichten auf dem Pflaster las. Er war glücklich, dass dies seine vorerst letzte Nacht als Strohwitwer sein würde.

39

Bernstein trug ein schwarzes Ledersakko und darunter ein blaues T-Shirt, auf dem ein Mann mit Sonnenbrille und elegantem Anzug zu sehen war, der lustlos in eine Banane biss. Dazu trug er weiße Jeans und Segelschuhe.

Gleich nachdem er Pits Pinte betreten hatte, steuerte er zielstrebig zur Theke, wo ihm Ines ohne nachzufragen seinen Lieblingsscotch servierte.

Es war wieder ein Abend mit Livemusik. Der Sänger vom Vortag spielte auch heute. Es war eine leise Nummer mit Fingerschnippen als Rhythmus. Bernstein hörte die Worte:

»You can walk ten miles in moonlight,

You can smile in the face of the dames …«

Nur wenige Plätze waren besetzt. Bernstein hatte sich nicht getäuscht. Vor der Bühne stand eine Frau mit pechschwarzen Haaren und einem geblümten rückenfreien Sommerkleid. Sie trank Bier und lauschte der Musik.

Langsam ging Bernstein auf sie zu. Als die Frau ihn hinter sich spürte, drehte sie sich ungeduldig zu ihm um. Ein Lächeln blitzte in ihren Augen.

»Da bist du ja endlich, Carl«, flüsterte Iris Adler.

Dank

Mein herzlicher und besonderer Dank gilt Dáša, Martin Pfeiffer, Heiner Bindhardt, Roland Pietryga und dem unermüdlichen Team des Emons Verlags.